新・世界現代詩文庫 15

朴正大詩集

チェ・ゲバラ万歳

체 게바라 만세

Long-live Che Guevara!

Pak Jeongde

Sagawa Aki

監修

土曜美術社出版販売

著者近影

新・世界現代詩文庫　15　朴正大詩集　目次

詩集『チェ・ゲバラ万歳』

第一章　これははためく一匹の詩

第二章　それは哀悼すべきもの

朴正大詩集

チェ・ゲバラ万歳

第一章　これははためく一匹の詩

ドニ・ラヴァン[*1]の散歩道

今日は唐人里発電所[*2]まで
歩いていこう

帰り道
野蛮人の家を数えてみたら
地上の星座のように散らばっている

「ジョンイ」の家に行こうか
「オギ」の家は遠く
「ジュンギュ」の家は川向こう、彼岸だ

「ベルリン」の方へ歩く道は退屈で
「コケイン」に立ち寄って黒ビールでも一杯やろうか
「パン」を通り過ぎたら「コプチャン・チョンゴル[*3]」だけど

チョンゴルは後で食べることにしよう
今日は西橋聖堂を通り過ぎ
屋根裏部屋へ静かな帰還

九番目の今日の最後のスケジュールは何かな

散歩の先には木の柵[*4]
木の柵のあの向こうの夜空にはお手上げなくらい
あふれる青春の星たちだけがぎっしりキラキラ

＊1　表題の「ドニ・ラヴァン」をはじめ、この詩に出て来る片仮名の表記はほとんどが、ソウルで大学生や若者たちでにぎわう大学の街である弘大（ホンデ＝弘益大学）の周辺にある店の名前や韓国人の人名である。この辺りはインディーズ・バンド公演や様々な芸術パフォーマンスなどの、若者の新しい文化の発信地として有名であり、外国の地名や外来語でつけられた店の名前等から、今の韓国の若者の文化の一面を見ることができる場所である。他の作品を含めて、多義的な効果を出すために作者が創作した意図的な造語もあることを考え、詩の中での言葉そのものの響きなどを味わう意向から、原詩で注をつけていないものは、できるだけ注釈をつけないことにした。
＊2　韓国ソウル麻浦区唐人洞にある韓国最初の火力発電所。
＊3　「コプチャン」とは牛の小腸のことで、「チョンゴル」は細かく切った肉を合わせ調味料で味付けして野菜とと

もに鍋に色どりよく並べ少量の汁で煮ながら食べる料理のこと。

＊4　「散歩」と後に続く「木の柵」との語呂合わせ。韓国語では二語とも「サンチェク」「モクチェク」で読まれ、「チェク」が同じ発音になる。原詩では、次の行の「お手上げなくらい」に当たる韓国語の「ソクスムチェク」という言葉を使って、連続で語呂合わせのおもしろさを増している。（以上、訳注）

革命は一匹の感情

僕は歩きながらパリ大平原の血を吸った、パリの下水溝はそのとき生まれた
歩いていく風景のうなじに歯を食い込ませるたびに桃の花、桃の花が咲いた、ペール・ラシェーズ、モンパルナス、モンマルトル
サン・ラザール駅は中華料理屋のそばにあった
中華料理屋は小さなタバク*のそばに、タバクは桃の木のそばにあった
桃の花が咲き出すとき皿洗いを始めて、桃の花が散るとき皿洗いを終えた
地上に置かれた数万本の血管にしたがって僕はきみの中へもぐり込んだ
タバコの煙は我が魂の桃の花

革命は一匹の感情

パリ大平原の夜空には気化熱のような宵の口の星々がぎっしりキラキラ
夜空から見たらパリは星々の流れる人間の美しい下水溝だった
前の職業が天使だった者から見るときパリという都市はこのように発明された

＊　tabac：フランス等ヨーロッパの街頭にある小型売店で、新聞、雑誌、タバコ、飲料水等を販売している。（訳注）

哀悼日記

光が悲しみに触れるとすぐに梅雨は終わった
これは生と死への哀悼の方式、梅雨が終わったら哀悼日記が始まった

一匹の台風がくねくねとわき上ってくるとき、小さな橋*1のウイグル族の村では羊の胴体に大きい棒を差し込んだまま羊の丸焼きを作り
女たちは熱したかまどに練り粉をつけてナンを焼きハーブ茶と胡桃で夕食を作るのさ
肉が入っていないソバを好んで食べるウイグル族は塩だけで味付けした蕎麦にハーブで作った味噌を入れて、あっさりした素朴な夕食を食べるのさ
ラマダンの期間中には日が沈んだ後、夜十時頃夕食を取るんだってさ

一匹の台風がくねくねとわき上ってくるとき、あるウイグルの家族は夕食を終えてカーペットの上にこもごも集り星の光のようにきらめく生を分かち合うのさ

ウイグル族の髭は羊の髭

羊の生涯が終わると髭の生涯が始まった

巨大な孤独の波打つ悲しみに触れたら夕方になった

孤独のラマダンはそのときから始まるので、台風が押し寄せる夜のど真ん中に座って誰かが宗教のように酒を飲むのさ

それは生と死への哀悼の方式

一匹の台風がくねくねとわき上ってくるとき、人類の最後の列車のようにガタゴトする建物の二階の窓辺に座って狂ったように揺れる木々を眺めながら呟くのさ

台風が押し寄せる黒い夜には黒ビールを飲もう
今は一匹の台風がくねくねと巨大な孤独のそばを通り過ぎる零時
あれは生と死への哀悼の一つの方式
髭の生えた天使が人類の最後の二階の窓辺に座って今なお呟く
これは夜の間台風にはためく一匹の詩
それは哀悼すべきもの
あれは宋《ソン》カンホ[*2]の山羊髭

＊1　弘大（弘益大学）のあるソウルの西橋洞一帯の旧名。
＊2　韓国の演技派人気男優の一人。（以上、訳注）

哀悼日記

ある日ふと二階の窓辺に座って夜の尖鋭的な風景を見たりもする

人生の深い中身を込めたその風景は本質的で普遍的だ、本質的で尖鋭的な風景はどうやら人々が夢見る普遍的な理想の姿を見せてくれる、ここからまた違う哀悼日記は始まる

これは愛への哀悼の方式

黄色い星が描かれた緑色の夜空を肩に担いで、僕は長い間地上の夜道を歩く

究極の風景の中にはいつもきみがいて、きみを夢見るときだけ僕はそこに辿り着く

白いシャツの襟をなびかせながら吹いてくる微風に僕をすっかり譲り渡したい日には、急いで階段を踏み上り地上の二階にしつらえたカフェレミツの夜に触れたりする

恋しさが発芽して青く葉っぱになっては褐色の落葉として散る
それは消滅への哀悼の方式
誰かは髪の毛と髭をはやし、誰かは髪の毛を束ね髭を剃ったりもするけど、また誰かは初めから髭がはえなかったりもする
それでも間違いなく哀悼の夜は訪れる
哀悼の夜は訪れて尖鋭的で本質的な風景を上映しながら泣く、僕はその泣き声をすべて聞きながら静かに本音を言う
あれは愛と消滅への哀悼の方式
熟した感情が秋の入り口まで進軍している、天使が座っている二階に秋が辿り着くともう一度感情の大戦が起こるだろう

しかしここはまだ静かなカフェレミツの夜、二階の窓辺に座って世界の尖鋭的で本質的な風景を眺めながら天使は愚痴のように呟く

これは一匹の哀悼の方式

それは哀悼すべきもの

あれは三節の哀悼の言葉

哀悼日記

太陽は黒い山羊の瞳のように樺色に輝いた
山羊が一度目を閉じて開けたら哀悼日記が始まった
これは砂漠の夜への哀悼の方式
山羊が目を何度ももっとしばたいたら夜になった
山羊の樺色の瞳に引かれた黒い一の字のように訪れる夜
黒い毛を持った山羊の夜、皮をはいで叩いたらそのまま薄暗く太鼓の音が響きそうな夜、一筋の黒い哀悼の夜
腰の痛い天使が古びた地球の二階の窓辺に座ってしきりに姿勢を直す夜

酷暑が遠のいたらまた違う台風が始まった
窓辺に置いたバジルの上陸作戦、マサキの砂漠、サボテンのミニエケベリアの夜の疾走
それは砂漠の夜に対する哀悼の方式
山羊が目をしばたくたび夜は少しずつ深まっていった
人類に本質的な愛情がなくても哀悼日記は書かれつづける
天気に根本的な関心がなくても大気は自ら循環する
星たちが移動する窓辺に座って見ると山羊髭の葉っぱをなびかせながら、夜通し遠い所へ移動する
並木たちが見える
あれは砂漠の夜への深い哀悼の方式

だんだん冷めていく太陽とかすかな大気循環への哀悼の一つの方式
夏中ずっと地球の古びた二階の窓辺に座ってタバコだけをしきりに吸っていた天使が窓を少し開けて遠い所へもう一つの季節を送り出す

これは魂のささやき

それは哀悼すべきもの

あれは大自然の形象

旌善《チョンソン》＊1、オスロ、佳水里《カスリ》＊2

オスロの夕方の街をうろついてみたら出会うのさ、オスロの夕方の灯が尖った屋根を持つ家々を通り過ぎるとバイキングの船と馬車が現れもするね、オスロは夜の街ごとに居酒屋を密かに隠しているのさ、厚い衣服を着て生きる人々の深い心臓のような居酒屋を、雨と雪が多く降るこの都市の屋根はきみの美しい靴のヒールのようにみな尖っているのさ、その屋根の下に人々が暮らしている、多様なフィヨルドが存在する所、江原道の炭鉱地帯のような峡谷を通り過ぎると現れるフィヨルド、荒々しい自然は人間の前に照れるように彼らの姿を現すのさ、大自然は結局広げられた人間の想像力、人々は船に乗ってフィヨルドを観光し、風景の中には鷗たちが飛び、空には雲が流れるのさ、もちろん規模は少し違うけれどサンネ・フィヨルドの壮観は江原道旌善の佳水里のようだね、船は依然として前に進み腹が減った人々は人間の夜に集まるのさ、オスロは北ヨーロッパの旌善、サンネ・フィヨルドはノルウェーの佳水里、オスロに夕べが訪れると深く隠されていた居酒屋を捜して酒でも飲みに行こうかな、ノルウェーの森はいつも青春の外にあるから古い森と川の香りを嗅ぐために僕はオスロに行こうかな、旌善の佳水里に行こうかな。

＊1　韓国江原道にある地名。美しい風景やアリランの一つである民謡の「旌善アリラン」で有名。
＊2　旌善郡旌善邑佳水里（地名）。（以上、訳注）

アラブの馬のように

僕の言語は砂漠の匂いを嗅いだアラブの馬のように猛烈に地平線に向けて走り出すだろう

しかし今、僕の言語は疲れたアラブの馬のように夕方の砂丘に辿り着いている、そしてここには僕の言語も疲れたアラブの馬も夕方の砂丘もない

ただ狂った馬のように、激しく、くねくねと動きながら、古びた人生の孤独の中に僕は浸っている

さあ、見なさい、うめき声を出しながら死んでいく馬、それが僕の言語だ

気の狂ったものたち、猛烈に狂っていくものたち

僕はせかせかと太陽に向けて走った

太陽の温度を無視したのだったが、僕は勢い盛んに温度の中へ飛び込んだ、火山の心臓へ

世界の本質の中へ飛び込む全身哲学者のように
僕は激しくきみの心臓の中へ飛び込んだ、たった今まで吹いてきた風の匂いを忘れたアラブの馬のように
きみの心臓の砂漠から吹いてくる匂いは僕を狂わせたのだから
それは僕がずっと以前に枕にして眠ったりした大地の匂いに似ていたから
僕は勇ましくきみの匂いの中へ投降した
きみの香りが永遠につづくと思ったから、きみの体温が僕を完成すると信じたから
今日僕は疲れたアラブの馬のように首をうなだれて砂漠を抜け出てくる
太陽の温度はあまりにも熱く砂漠は僕の血を乾かす

人間の感情は変形が可能な一つの物質

過ぎてみれば世界のあらゆる砂漠はただ太陽が炸裂する強烈な砂原であるだけなので、今になって僕は僕を猛烈に後悔している、そのすべてのものを蕩尽したアラブの馬のように

＊（以下、原注）

「アラブの馬」にはコルテスの馬がどこかに一匹の孤独のようにうずくまっているだろう。

それはたぶん綿畑の孤独の中から来たのだろう

いや　どうやら森に着く直前の夜から来たのかも知れない

とにかく僕はコルテスの馬に乗ってムージルの夜に辿り着きたかったのかも知れない

いや　どうやらそのどんな所にも辿り着きたくなかったのかも知れない、猛烈に、壮烈に、完璧に狂った、この地上の夜から、僕はただ呟いただけだ、道に迷って一匹の孤独のように、アラブの馬のように

感情の孤独

街には柔らかい風が吹いた

僕はボルボのトラックに乗って遥か遠い所から走ってきて、また違う遠い所へ行った

宇宙に通じる公衆電話ブースの前でしばらくきみは足を止め立っていた

右手にはフィルターのないゴロワーズのタバコの箱を持っていて、左手の親指と人指し指は開いた
タバコの箱の間に見えるタバコに触れていた

ワイシャツの左側の胸あたりについているポケットには孤独がいっぱいだった

そのポケットの裏側ではたぶんきみの心臓が鼓動していただろう

薄いTシャツの上に見えていた首の線と顎の線、閉じた唇の沈黙が顔の背後にこびりついていた

そのとき正面を凝視していた瞳は何を見ていたのか
豊かな髪の毛よりもっと多く生えていた想念、僕はボルボのトラックの内側に座って遠い所へ行きながら綿畑の孤独の中に座っているきみを見た
公衆電話ブースの受話器越しには無限に向かって孤独の綿畑が広がっていた
そのとき僕はどこか知らないとても遠い所に向かって行っていたが、きみの名を呟いたのかもしれない
緑色の宇宙に静かに縫い取られたきみの名をそのように低く呟いたのかもしれない
そのとき街には柔らかい風が吹いていた
きみの背後には宇宙に通じる公衆電話ブースがあって、受話器越しには綿畑の孤独が無限に向かって広がっていた

タバコに火をつけてくわえる直前のきみ
綿畑の孤独の中で
綿畑の孤独の中で

遥か遠く都市の中へ馬に乗って逃走すること*

俺は雪の降るアフリカに行きたいのさ、死ぬんだから発たなくちゃ、俺は永久にゴミ箱をほじくり返したいのさ、これ以上言葉はないのさ、これ以上言うべき言葉もないのさ、言葉を教えるのを止めるべきなのさ、学校を無くして墓地を増やすべきなのさ、何しろ一年も百年も同じなのさ、そんなものが鳥たちを歌わせるのさ、そんなものが鳥たちをさえずらせるのさ、ロベルト・ズッコは故障した公衆電話機を持ってこのように言いながら離れるのさ、自分の父親を殺したのと同じやり方で自殺したズッコの話を遺作として残した作家があったのさ、俺も雪の降るアフリカに行きたいのさ、死ぬんだからとにかくどこかへ発ちたいのさ、俺は永遠に大自然の懐の中をさまようだろうから、これ以上こんな詩はいらないのさ、これ以上言うべき言葉もないのさ、言葉を教え詩を教えるのを止めるべきなのさ、学校を無くし教会と国家を無くし人間という種族自体を無くすべきなのさ、この世は墓地で覆われるだろう、その墓地の上を飛ぶ鳥たちは新しい種族を広めるだろう、そんなものがこの世に唯一の遺作として残されるべきなのさ、宇宙へ飛んでいき永久に戻ってこない宇宙船の孤独もいつかはここに辿り着くだろう、俺たちはそれを俺たちみんなの悲しくも美しい遺作としよう、悲しくも美しいきみよ、俺はもうきみの名を忘れてしまい、雪の降るアフリカに行きたいのさ。

＊（以下、原注）

「遥か遠く都市の中へ馬に乗って逃走すること」はベルナール＝マリ・コルテスが書いた小説の題である。遥か遠く都市の中へ馬に乗ってどう逃走するのか？『ロベルト・ズッコ』という遺作を残したコルテスの本を読み、二匹の詩に出会った。コルテスの写真を見て出会ったのが「感情の孤独」であり、コルテスの年譜を見て出会ったのが「遥か遠く都市の中へ馬に乗って逃走すること」である。私は今二匹の詩を連れて遥か遠く都市の中へ馬に乗って逃走している。さて一体どう逃れるだろう。

――何しろ逃走することである。それが唯一の方法である。

緑色の環状線

これは一匹の緑色の環状線
それは輝く一握りの狼
あれは一つのペルソナ

*

苦痛は数世紀前から輝いた
冬の森で息を殺して眺めていた星の光がみな空に上っていった自分自身の泣き声だったことを彼は
すでに知っている

ゆっくり消えていく心臓の光を生き返らせながら、もう一度自分の泣き声を眺めていた一匹の孤独が明るい思い出の泣き声のかたまりの下をうろつくとき、足の裏に触っていた非常に冷たい冬の森の沈黙

心臓がまだ消えなかったので地球は寒く苦痛は数世紀前から輝いた

＊

夜の窓を開けて季節の中にタバコの煙を送った

動く星たちを見た、そのように時間が流れると思った

故郷へ行く星たちの音楽を聴いた

最初それはとても小さな音だったが次第に一つの雄壮な交響曲のように聞こえてきた、いや汽車の
がたんがたんという響きのように心臓の鼓動の音のように聞こえてきた
緑色の環状線に乗ってたぶん家に戻ってきたのだろう
死は近くにあったが死と手を組まなかった
家に戻り夜の窓を開いて季節の中へタバコの煙を送った
忘却のあらゆる形はそのように夜空に散らばっていくものだった

哀悼日記

厳かな悲しみが僕を産んだ、無限の風が吹いてくる夕方
冬の夜を白く押し出していく吹雪が僕を産んだ、吹雪は地上に届く前に宙に僕を産んだ
僕は吹雪の子、冬の夜なら無限の風に乗って地上をさまよう者
僕は宙で哀悼する者、宙に漂う言葉たちを集めて人々の屋根のための哀悼日記を書く
哀悼日記が人類の温かい屋根になる日、僕はコートをなびかせながら地上に届くから、見よ
吹雪、この世の果てに羽をはばたかせながら一面おおって押し寄せていく鳥の群れよ

これはいまだに地上に届かなかった息の詩

それは哀悼すべきもの
あれはいまだに白色を帯びた悲しみの肉体

屋根裏部屋

朝寝坊から目覚めて窓を開けるとすぐに雪がいっぺんに押し寄せる、温かい酒一杯飲みたい夕方
僕はなぜ夕暮れどきに起き上がりタバコをくわえながら一日を始めるのだろう
群れをなして押し寄せてきた雪、一服のタバコを吸い終える前に音もなく消える、心の深淵を漂う
無数の思いもあのように影も形もなく消え去るのだろうか
コーヒーの水を沸かし始めトーム・ウェイツを聴く
痛む左脇を椅子に倚り掛からせながらトーム・ウェイツを聴く夕方
〝ゴドーのくそったれ、待たないぞ！〟
昨夜、誰かの言葉が浮かび上がり、一人でくすくす笑う昔からの野蛮人的習性

〝あなたが家に何を持ってきたって、私はそれで食べていけるよ、タヌキやフクロネズミを捕まえてくると言っても心配しなくていいよ！〟

あなたの言葉が思い浮かぶ今は世の中に向かってタバコの煙を吐きだしながら、タヌキとフクロネズミを捕まえに行く時間

窓の外にはあいかわらずの粉雪、粉雪、粉雪

門を開いて出ていけば生は広くて深い

トーム・ウェイツを聴く左派的な夕べ

痛む左脇を古びた椅子に倚り掛からせながら、あなたの歌を聴く左派的な夕べ

覚えているだろうかトーム、そのとき僕たちは雪の降る北欧の夜の港町で酒を飲んでいただろう

黒い夜の隙間に雪が降り注ぎ、ピアノの鍵盤のようだった町の裏道でトーム、あなたは風の匂いのする冷たい声で歌を歌っていただろう

ジプシーたちがみなその居酒屋に押し寄せてきたんだろうか

あなたの声にはジプシーの血が流れていた、長い年月道の上でさまよった者の風のような声

北欧の夜は深く寒くて歌を歌う者も歌を聴いていた者もみな浮浪者のようだったけどどうだっていいじゃないか、僕たちは何も夢見なくてすべてを夢見ることのできる根っからの隠遁者たちだっただろう

生の外側であるならどこだってさまよっただろう

時間の隙間から見えていたもう一つの生の時間、ルイ・アマレック*は深夜のサッカー競技を見ながら声を上げ、オリビア・デュランスは酒に酔って虚しく門の外を眺めていただろう

生とはもともとそんなもの、虚しく見上げること、帰ってこないものたちを待ちながら歌でも歌うこと

浮浪と流浪の違いは何だろう

生と人生の違いは何だろう

そのときも今も僕たちはあいかわらず分からないけど、置いてきた時間だけは思い出の棚の上にそっくりそのまま積もっているだろう

死が瞬間ごとに生をつらぬいていたその街で遅くても友人たちは居酒屋に押し寄せただろう

乞食の探偵パオロ・グロッソは黒いコートの姿で来て、口髭の帝王ジャン・ド・パは口髭をなびかせながら来ただろう

動くすべてのものが詩であり、動かないすべてのものの内面も詩だっただろう

覚えているかいトーム、夜中軽い生のように雪がとめどなく吹きすさんでいたその夜、もっとも悲しく歌っていたのがあなただったことを

死がつらぬく街でそれでも僕たちは死者を慕いながら死ぬほど酒を飲んだだろう

夜中雪が降り街の寒さと雪に埋もれていくころ、パオロの小さな懐中電灯の前に集まった僕たちが夜中捜そうとしたのは生のどんな糸口だったんだろう

ビールの店とタバコ屋を全部通り過ぎたら、まだ夜勤をしている工場の灯が光り、屋根裏部屋ではあいかわらず消えない灯の下で誰かがうんうん呻きながら生の宣言文の草案を作成していただろう

誰かは痛々しく生を押し出していくのに僕たちはとめどなく夜を蕩尽してもよいのだろうかと思ったら恐かったよ、恐くて寒かったよ、それで夜が明けるまであなたの歌について歌っただろう

覚えているかいトーム、そのとき降っていた雪、あいかわらず僕の部屋の窓を濡らしながら今も降っているのに、工場の灯は消え屋根裏部屋の灯の明かりも今はだんだん消えていくのに誰も宣言しない生の自由

沸き上がる夜中の十二時の革命、猫たちだけが鳴いているよ

だからトーム、そのときのように歌を歌ってくれ、群れをなして押し寄せてくる雪の中でもたけだけしく鋭く燃え上がる炎の歌を

だからトーム、今は痛む左脇を古びた椅子に倚り掛からせながらあなたの歌を聴く左派的な夕べ

＊ この作品に登場する外国人名は、作者が造り出した架空の人物である。（訳注）

三文の値打ちがある詩

この世が巨大な官公庁のようなら官公庁のドアを開けて日差しの明るい街へ、広場へタバコを吸う
ために出て行くようにキルギスタンへ行こう

そこは孤独が雪として飛び散る所

官公庁のドアを開けるとそこはイシク・クル湖の熱い胸が集まっている水の広場

窓を開けてキルギスタンの谷間に落ちる雪の蹄の音を聞こう

風が追い込んでいく世界の音源、疑問符のような僕たちの耳殻にいっぱいの荷物を集めて、長々し
い冬の夜なら干し菜の味噌汁を煮るように少しずつ沸き上がる内面の音源を聞こう

この世で僕が見つけた音源の元素周期律表を描いてみていたら、鳥たちが押し寄せて心いっぱい閉
曲線を描きながら通り過ぎるだろうから、孤独は一つのヤンプン*のビビンバ

孤独をかき混ぜて食べながらひと冬を過ごそう

異常気象の日々の中でも僕のタバコの煙はわびしく黒い夜の琵琶を奏でるはずだから、暗闇が崩れて積る人間の谷間ごとに音楽は牡丹雪の証拠として残るはずだから

沈黙が勝ち取る偉大な孤独

孤独が先に立つ偉大な愛

沈黙が勝ち取り孤独が先に立つ愛の最前線に生を置こう

誰も見上げない冷酷と蔑視の地に一筋のタバコの煙を旗のようにはためかせながら一国を建てれば、その国の夜をすべて覆いながら走ってくる純潔の馬の蹄の音が聞こえるはずだから

ここは三文の値打ちがある孤独の地

孤独の星の下に日ごとに新しい音源が誕生する地

＊　食べ物を入れたり温めるのに使う真鍮製の口の広い容器。特にビビンバのような食べ物を食べるときによく使われている。（訳注）

インターナショナル・ポエトリー急進野蛮人バンド*

音楽は草原の草の葉に行こうとする属性を内に持っている、大草原は草の葉たちの寝台、公演を目的とする、休止符でいっぱいになって詩は音楽に走っていく馬蹄の間奏曲、人間の時間の上に烏の嘴のような美しい歌が来る、すべての詩人はバンドに属している

あらゆる宿営地から星が輝く、光はイメージの音楽を内に持っている、物質が存在するのは空という空虚が存在するからだ、温かさが冷たい雪からイメージを取り入れるように私の孤独は遥か遠くで輝く星の光から来る

僕は初めからなかった、存在しようとする可能性、かろうじて存在しようとする必死のあがきが最小限の物質となった、音も同じだ、物質の存在性を助けようとする音がたまたま美しい響きとなった、響き、聞こえてくること、音の到着を音楽と呼ぶ

すべての音が文字に還るのではない、反面すべての文字は音に還る、ここから音の個別性としての詩が誕生する、しかしここからまた詩の限界ともどかしさが生まれる、くねくねと動く虫たちのよ

うにそんなものたちが一つのバンドをなした、もぞもぞ動いている虫の詩が声を高めて公演をする、
公演は一つの詩を目的とする

オリーブ油をかけたパンがどのようにして詩になり歌になるのか、それは非常に人間的で科学的な問題を前提とする、ひもじさはイメージを広げるけれど、広げられたイメージは温かく美しい冬に辿り着かない、温かく美しい冬はない、ただ温かく美しく冬を演奏する楽器があるだけだ

楽器はどこから来るのか、タバコの煙から、コーヒーから、そして具体的な思索とくねくねと動く手首の筋肉から来る、いや、楽器はどこからか来るものではなく至る所に存在する、自ら楽器であることを認識する世のすべての存在がすでに一匹の楽器だ

僕はきみを書く、僕はきみを演奏する、僕はきみを公演する

ここから始める

＊　朴正大が所属しているバンドの名前。（訳注）

インターナショナル・ポエトリー急進野蛮人バンド

僕は耐性のない物質のように寂しかった、宇宙のもっともけなげな僕の占める一隅は繊細で孤独だ、爆発する流れ星たちが音楽を目的にそのようになったのではない、虚空で生を終えたある鳥の孤独が宙に凍り付いている、それは星だ

沸き上がるやかんの中の湯がコーヒーの中へ飛び込むのを待っている、事物のごちゃ混ぜと動機、僕の微かな意志はそれを助けるだろう、僕は日差しと一杯の水とコーヒー粉と僕の想念をかき混ぜて一杯のコーヒーを作るだろう、コーヒー一杯、それが僕が朝に聴く唯一の音楽だ

木に水を差すと水は根っこへ走っていく、走っていくというのはどこかへ辿り着こうとする本質的な欲望を内に持っている、日差しは葉っぱへ走ってきて水を汲み上げる、静かで平和な一本の欲望の帝国だ、静けさと平和は激烈さと熾烈さを前提にする、木に水を差すたびに僕は激しい音楽の音を聞く

それはタバコから来た、事物のごちゃ混ぜと僕の動機、事物を刺激する微かな欲望の動き、動くす

べてのものが詩であるならば動くすべてのものの出す音は孤独の実況公演だ、僕はタバコを吸う、
だから僕が吐き出すタバコの煙はインターナショナル・ポエトリー急進野蛮人バンドの実況公演で
あるわけだ

ゲンスブルーはたまにゲンスバルーになったりもする、フェルナンド・ペソアがたまにアルベルト
ゥ・カエイルになるように、インターナショナル・ポエトリー急進野蛮人バンドが草原を渡って月
光の明るいパミール高原を越えていく、あの高原を越えると野蛮人バンドは革命の月に巻物の結社
になるだろう

革命的な人間が詩を書き公演をする

革命の月　巻物の結社

昨夜パミール高原を越えてきた

クルべ船着場には日差しを込めた鳥の嘴たちが辿り着いた、クルべ船着場は誰かが繋いだ三十六メートルの巻物のタイプを打つ紙に似ている、空っぽの白紙の船着場、革命の月の巻物結社の始まりだ

僕はタバコをくわえクルべ船着場に立っている、タバコの煙はポラロイド写真に似ている、僕の心の風景をただちに印画しだす

クルべ船着場はタバコの煙がもやもやしている、世の根源は知ることのできないもやもやから始まる、もやもやしている混沌から風が吹く、僕はそれ以上風の歌を聴かない、僕は風を創り始める、新しい領域の風だ

恐れることなく疾走する風の蹄たち、誰かが草原の草の葉たちを編んで秘密結社の世界史を記録し

ようとする、しかしそれは表面の世界史であるだけ、内面をつらぬく秘密結社の世界史はまだ始まっていない

遠い惑星から来るもの、道の上から道の上に大陸を横断しながら一筋の輝かしい埃として浮かび上がるもの、日差しに砕かれながら繊細に起き上がるもの

僕は沈黙の音を聞く、世の中でもっとも巨大な孤独のような蒸気オルガンのカリオペーが吐き出す巨大な沈黙を聴く

怪物たちは巻物のように解かれながら白亜紀にジュラ紀に消えていった虚空の誇りとして消え去っていった怪物たちの歴史が僕のタバコの煙の中で再現される、僕は窓を開けて怪物たちを緑の大地に放ってやる、怪物たちは一匹の巨大な孤独だった

昨夜沈黙たちがパミール高原を越えてきた

辿り着いた所はクルベ船着場だった、馬たちもついて越えてきた、僕はタバコを吸い世の根源に向けてタバコの煙を吹き出した、革命の月であり巻物の結社の始まりだった

詩はそのように始まる

あまりにも美しく厳かな最後の挨拶

こんな夜にはあまりにも美しく厳かな最後の挨拶をするのが恐い、ただタシュデレ、*タシュデレ
きみは遠過ぎるか近過ぎる所にいるが、こんなに窓いっぱいに風が吹いてくる夜にはただきみの想
いが恐しくてうっとりして、タシュデレ、タシュデレ

コーヒーを一杯飲みタバコを一本くわえながら宵の口の星たちに向かって「こんばんは」と、挨拶
したら

タシュデレ、タシュデレ、二十八名の天使が通り過ぎる

ここは　何瑟羅、悉直、桃源

＊（以下、原注）
タシュデレはチベット語で「おはよう」という言葉である。

僕は今日も何瑟羅、悉直、桃源の夜空に向かってタシュデレと静かに低く挨拶を送るだけである。

何瑟羅、悉直、桃源は江陵、三陟、旌善の旧地名である。

何瑟羅、悉直、桃源のトライアングルの上には昔も今も星が多い。

二十八宿は中国で月の公転周期が二十七・三二日であるとのことに着眼して、赤道帯を二十八個の区域に分けたもので、各区域が各々の宿である。星宿とも言う。月が毎日宿る所だという意味から由来した言葉である。

二十八宿は便宜上七個ずつ束ねて四個の七舎で区別して各々東・西・南・北を象徴するようにしたが、この四個の七舎に属する星は次のようである。

東方の角・亢・氐・房・心・尾・箕の七個の星宿、北方の斗・牛・女・虚・危・室・壁の七個の星宿、西方の奎・婁・胃・昴・畢・觜・参の七個の星宿、南方の井・鬼・柳・星・張・翼・軫の七個の星宿を言う。

あまりにも美しく厳かなタル・ベーラの最後の挨拶であるとスクリーン・インターナショナルは言った。

一八八九年一月三日トリノ、ニーチェは馬子の鞭打ちにもびくりともしない馬に走り寄って首に腕を回しながらすすり泣く。

その後ニーチェは「お母さん、ぼくは馬鹿だったよ」という最後の言葉を呟いて十年間植物人間に近い生活を続けてから世を去る。

ある田舎の村、馬子と彼の娘そして年を取った馬が一緒に暮らしている。

外では激しい暴風が吹き寄せて来て毎日毎日繰り返される単調な日常の中にとても少しずつ変化が生じ始める。

タル・ベーラの映画「トリノの馬」*のシノプシスを読んで彼のプロフィールを見る。

彼は銀髪をポニーテールの形で束ね目を閉じたまま左手でタバコをくわえている。

タル・ベーラのタバコの煙は彼のじっと閉じた目のそばを霊魂のようにうろつく。

僕はタル・ベーラのタバコの煙を見ながら「トリノの馬」を思い出している。

「トリノの馬」は沈黙を通して暴風に至る道を見せる。いや、どうやら暴風を通して沈黙に至る道を見せる。

タル・ベーラのタバコの煙は細くて長い。

僕は彼のタバコの煙を見ながら長い間ある道について考えた。ある道は魂の一つの形を見せる。

「あまりにも美しく厳かなタル・ベーラの最後の挨拶」とスクリーン・インターナショナルは言った。

「あまりにも美しく厳かな最後の挨拶を我々は知らない」とインターナショナル・ポエトリー急進野蛮人たちは答える。

彼らはただ二十八星宿でも眺めながらタシュデレ、タシュデレと挨拶をするだけである。

＊　邦題「ニーチェの馬」二〇一一年のハンガリー映画。第六一回ベルリン国際映画祭銀熊賞受賞。（訳注）

トリノの馬

トリノの馬がいなないている
とめどなく暴風が吹き寄せる丘の下でトリノの馬は沈黙によって世界をいななく
僕がトリノの馬に乗って霧の立ち込めている野原をすべて通り過ぎてこの世界の風景は再び
結成される
窓のついている内面が外の風景を眺めながら一日中暴風のように泣いている
暴風は固い信念、沈黙に行く物質
トリノの馬がいなないている
何の音もなく沈黙に囲まれた世界がとめどなく自分を泣いている

第二章　それは哀悼すべきもの

ルールマラン

例えば、僕はルールマランの中央広場
ガビカフェの屋外テーブルに座って
コーヒーを飲んで雲を洗練した
マルクスを考えながら、またエンゲルスを洗練した
昨夜吹いてきたミストラルは
僕が育てるロバの耳を切り取っていった
もちろんアルルにいたゴッホの耳もいっしょにだ
話のついでに言うけど
ルールマランはアルベール・カミュが埋葬された所だ
僕はまだルールマランのカミュの墓には
行ってみたことがない、いくつかの雲たちが
ルベロンの山頂で昼の月と遊んでいる
例えば、きみは中央広場のロルモカフェに座っており
僕はきみを眺めながらガヴイカフェに座っている

中央広場と言っても
ただ中央にある広場にすぎない
例えば、人生はお互いを無心に眺めて
そのように出会ったりもするものだ
輝く生の午後、中央広場で
僕は次のような言葉を洗練した
ルールマラン、マルクス、エンゲルス
ミストラル、ロバ、アルベール・カミュ
例えば、ルベロン、ルベロン
まだ洗練されていない遠いヴァントゥ山

更新

今は北風の季節、デュランス渓谷を抜け出たミストラルが来る、ミストラルはなぜ来るのか、赤い屋根の上に広がっている青空の鳥たちは黒い点字のようにはめ込められている、動くものたちのデフォルト、秩序のあるデフォルト、僕は太陽に目が見えなくなった者、きみのラベンダーの香をすべて嗅いでもあいかわらず憂鬱で、よみがえりを夢見ながらミストラルの吹いてくるこの街に立った、ローン川にしたがってミストラルは来た、ミストラルはなぜ来るのか、自転を止めた地球の肩越しにすでに明かりの点された街の灯を一つ二つ消しながら黒い衣服を着た修道僧のように夜は来るデフォルト、すでに僕の心臓から始まった内戦が冷たい星の光たちに拡大戦にされるここはプロバンスの内面、冬の無限にしたがってミストラルは通り過ぎる、ミストラルはなぜまた通り過ぎるのか、巨大な風が獣のようにこの世の窓を舐めていく夜、心臓の熱い血はこれ以上愛に染まることなく思いの荒い流れ星だけが地上に冷たく墜落しているのにいまだに更新更新、ミストラルが通り過ぎる夜、けなげな心臓のろうそくの火を抱えて僕は力強く通り過ぎた生の裏側をとめどなく更新している。

パルドン、パルドン　パク・ジョンデ（朴正大）

パルドン、まずこのように挨拶するしかない
パルドン、レ・ドゥ・マゴ、すみません、二個の中国人形

ある日僕は彼が住んでいるパリのアパートに彼を訪ねていった、彼の前の職業は天使だった、その時はすべての人々が夏のバカンスに行った時期だった、僕は彼のアパートの下にあるカフェで彼に会うことにした、その時僕は僕の七番目の作品を準備していた、続く本文は元・天使との対話をほぼそのまま写しておいたものだ

――詩を書く人たちはみな元・天使たちだ、と話したことがある、その言葉の意味は何なのか？

詩人はその存在だけでもすでに十分だ、あなたは私にインタビューする間にもおそらく五、六回ずつ独り言を繰り返すだろう、「なんてまあ、ほんとうにすてきな話だね　さて一体何のことを言っているんだろう？」

インタビューをする途中に自分のこぶしに骸骨を描く人が詩人だ、詩とはひょっとすると野獣の中にある美女を見せてやることだ、魔法と同じく詩はたやすく説明し難い対象だ、僕はこれから詩人と詩について最善を尽くしてあなたに説明する、しかしあなたは今僕の身振りと表情、そして、くすくす笑いを活字に写すことができるだろうか、詩を書くというのはとても内的で淋しい作業だ、ある意味では詩人のイメージ自体が一篇の詩だ、あなたは今僕をインタビューしながら一篇の詩を読んでいるのだ

僕の詩でもっとも重要な決定は最後の瞬間に下され、その時偶然はとても重くはたらく、一方で僕はどうみてもいつも同じ詩を繰り返して書いてまた書いている、人間はみな違う、一人の個人の性格は自分の生きてきた幼い時の結果であり、人間は意識しても意識しなくても一つのアイデアを繰り返して引き続き二番煎じを演じながら一生を送る

詩を書くことは偉大な探検だ、詩人は純粋に個人的な理由のために、自分のための何かを見つけようと詩を書く、だから詩を書くこととはできるだけ少数の読者を目標にしなければならない、詩という表現手段を通して起こる私的なみちすじだ、詩がそれだけの観点を持つ面白い感情を伝える限り、技術的なミスに対しては誰も不平を言わないという事実が証明された、今この瞬間もし詩を書

きたい人がいるとしたらどうするのか分からなくてもただ手を付けることだ、そうしたら分かるようになる、これが詩を書くことのできるもっとも確かで本質的な方法だ

ある程度までは他人の詩を見て詩を学ぶこともできる、しかしここにはオマージュという罠に陥る危険が隠されている、あるすばらしい詩人の詩を読んだ後自分の詩で模倣してみることはできる、しかし純粋な尊敬の心からやってみても効果はない、自分の持っている問題に対する解決策を他人の詩から求め、その影響が自分の詩で生き返るときだけ模倣は有効だ、尊敬の心から「借りる」ことなら、解決策を求めるためのおもわくは「盗むこと」であり盗むことだけがどうやら正しい、必要なら決してためらうな、すべての詩人は盗む

直観と即興による、突発的事故と言えそうな決定のおかげで詩は魔法でいっぱいになる

事実僕は詩を書くときどんな詩句を書いているのかまったく気にしない時が多い、引き続き音楽だけを聴く、仮に僕が良い詩人であるならば間違いなくすばらしい詩句をきちんと書き出せるはずだからだ、それで僕は雰囲気に合う音楽を聴きながら詩をその音楽にマッチさせることにより集中する

僕が詩に音楽を用いても用いなくても元々の音楽はあいかわらずそこにある、幽霊のように見えなくて聞こえないけど音楽の存在は神を生きて働くようにする、それがどうやら詩だ

詩の独創性というのは虚構だ、詩は経典ではない、詩人は誰でも自分の限界を持っている、詩を書くとき私は何も統制しない

今僕にインタビューするインタビュアーはローラン・チラールであることも私自身であることもできるし、今僕が言っている言葉たちは私の言葉でもローラン・チラールのインタビューに応じた人たちの言葉でもあり得る、インタビュアーとインタビュイーは事実この世のすべての人たちだ、さてそれがどうしたというのか、ペドロ・アルモドバルの映画タイトルを借りて言うならば「自分が何をまちがったんで?」

——今、あなたのいるここはどこみたいなのか?

僕は再び質問をした、彼は宙を眺めていた、夕食をとっていない僕の腹の中で馬のいななきの声がして、たまには小川の流れていく音もした、彼はタバコに火をつけてくわえながら言った

風が吹く、ツール川はまるでミミズのようにこの古い遊牧民族の腰をぐるぐる巻いて空に飛び上りそうだ、葦やモンゴルの山の小さな水の周りに育つ植物たちがテントのように翻る、ここはウランバートルだ

僕はチンギス・ハーンと目を合わせる、半月刀のように細長い彼の両目がツール川でざぶんざぶん音を立てながら水遊びしているモンゴルの子供たちを眺めている

ペルソナ、僕は無限の時間のペルソナを考えながら風の吹くツール川辺に立っている

ペルソナ、マグノリア、メランコリア、モンゴリア

風が吹く、ここはウランバートルのツール川辺だ、ツール川から風が吹いてくる、その風はシラムラン草原を通って僕の内面に吹いてくるだろう、僕はそんな瞬間を詩と呼ぶ、僕の詩が馬に乗ってとぼとぼと星の光の降り注がれる草原の内面を横断している

いや、ここはモンマルトルの丘の風の吹く夕方だ

――ふだんよく会う友だちについてちょっと話してくれ、そしてあなたは自分がいつ詩人だと感じるのか？

詩人の名はみな違うし、すべての詩人の名はとどのつまり一つだ

例えば、インタビューをしている今この瞬間にも見えないけどあなたと私の間に天使が通り過ぎる

ガストン・バシュラール、ガッサーン・カナファーニー、ニック・ケイブ、ラシド・ヌグマノフ、マルセル・デュシャン、ミシェル・ウエルベック、ボブ・ディラン、ボブ・マーリー、ベクソク、ウラジーミル・マヤコフスキー、ヴィクトール・チョイ、アニエス・ジャウィ、アクタン・アブディカリコフ、アンディ・ウォーホル、エミール・クストリッツァ、ジャン＝リュック・ゴダール、ジョルジュ・ペレック、ジァ・ジャンクー、ジム・ジャームッシュ、チェ・ゲバラ、カール・マルクス、トーム・ウェイツ、トリスタン・ツァラ、パスカル・キニャール、フェルナンド・ペソア、フランソワーズ・アルディ、フランソワ・トリュフォー、ピエール・ルヴェルディ★

だから最大の苦痛は愛を前提にする、同じく最高の愛は苦痛を前提にする、同じ感情の違う名なのだ、いや、すべての感情は一つの名から来る

イジドール・リュシアン・デュカス、ロートレアモン、アルチュール・ランボー、ポール・ヴェルレーヌ、ロマン・ガリー、エミル・アザール、ジーン・セバーグ、ジャン＝フィリップ・トゥーサン、ジャン・ジュネ、ジャン・コクトー、ルネ・シャール、アンリ＝フレデリック・ブラン、パトリック・モディアノ、マルグリット・デュラス、オノレ・ド・バルザック、ジェラール・ド・ネルヴァル、ステファヌ・マラルメ、ポール・ヴァレリー、ポール・クローデル、セルジュ・ゲンスブール、ジェーン・バーキン、リャン・チャオウェイ、リウ・ジャアリン、ライナー・マリア・リルケ、フリードリヒ・ニーチェ、ルー・ザロメ、フレデリック・パジャック、ジャンゴ・ラインハルト、マクシム・ゴーリキー

前にも言ったように詩を書く人たちはすべて元・天使だ、白いシャツを着た日には僕が元・天使だということを感じる、感覚が灯のように明るく冴える日には人間の村に下りていき一杯の酒を飲んだりもする、一日中雨の降る日にはストーブの火の周りで人間の体温を感じてみたりもする、元・天使が孤独を感じるのは誰かを愛するからだ、何も恋しいものが思い浮かばない日にはまじまじと塀にへばりついているツタを眺めたりもする、ツタのつるに伝わって流れる空の涙を眺めては僕の目の周りをそっと触ってみたりもする、涙の乾いた瞳の砂漠の中には地平線に沿って一群の隊商が流れていったりもする、誰かは門を開いて入ってきて誰かはまた門を閉じて出ていく、白いシャツ

を着た日には僕が元・天使だということを感じる、僕はタバコに火をつけくわえてタバコの煙のように静かに空にいる

ニコス・カザンザキス、アルベール・カミュ、サミュエル・ベケット、ル・クレジオ、リチャード・ブローティガン、ホルヘ・ルイス・ボルヘス、ベルトルト・ブレヒト、ガブリエル・ガルシア＝マルケス、ジャック・ケルアック、ウィリアム・バロウズ、ミシェル・トゥルニエ、アゴタ・クリストフ、クリストフ・バタイユ、ウジェーヌ・イヨネスコ、ミラン・クンデラ、イタロ・カルヴィーノ、カート・ヴォネガット、レイモンド・カーヴァー、マーク・チェンドラー、ジョン・チーヴァー、タカハシゲンイチロウ、ヤマダエイミ、ムラカミハルキ、ムラカミリュウ、ルーシュン、ナツメソウセキ、ミシマユキオ、ルイス・セプルベダ、フランツ・カフカ、アラン・ローブ＝グリエ、ドリュ＝ラ＝ロシェル、ロベルト・ムージル

モリエール、ジャン＝バティスト・ポクラン、ローラン・ティラール、ロマン・デュリス、アントナン・アルトー

詩人たちは小さな屋根裏部屋でタバコに火をつけてくわえて巨大な大陸を横断する

オクタビオ・パス、セサール・ヴァイェホ、アレン・ギンズバーグ、インゲボルク・バッハマン、ポルグ・パロホザド

風が私たちを連れていってくれるだろう

あなたが夢見るたびに吹いてくる世界の息遣い、あなたと私はすでに世界のもっとも十分な心臓だ

黒い太陽の下で僕は目を閉じて崇高で永遠なる惑星を夢見る

ギー・ドゥボール、ロラン・バルト、ギュスターヴ・クールベ、オスカー・オイルド、リチャード・ロング、ジーグムント・フロイト、カール・グスタフ・ユング、オスカー・ワイルド、サン＝ジョン・ペルス、ハインリッヒ・ベール、ヘルマン・ヘッセ、ヴォルフガン・ボルヒエルト、エドワード・サイード、テオドール・アドルノ、フリードリヒ・ヘーゲル、ホン・サンス、コンスタンティン・ブランクーシ、フィンセント・ヴァン・ゴッホ、ポール・ゴーギャン、ダン・フレヴィン、ジョン・レノン、ジョージ・ハリスン、ジム・モリソン、ルー・リード、ペク・ナムジュン、ミッシェル・ポルラレフ、パスカル・ブルックナー、ミゲル・デ・ウナムーノ、ガス・ヴァン・サント、ジョン・ケージ、ジョン・カサヴェテス、カジミール・マレービヴィッチ

例えば、こんな惑星たちもある

ガルサン・チナック、ダザイオサム、モーリス・ブランショ、バフマン・ゴバディ、ベルナール＝マリ・コルテス、ベルナール＝アンリ・レヴィー、バンクシー、アベル・フェラーラ、アラン・バディウ、ユーディット・ヘルマン、ユーリー・チェ、ジャン・ド・パ、ジャン＝リュック・ナンシー、ジョルジュ・ムスタキ、ジュリア・クリステヴァ、チェザーレ・パヴェセ、カレル・チャペック、トリストラム・ハント、フェルディナン・ド・ソシュール、ペーター・ハントケ、ペーター・フェー、フランシス・ウィーン、フリードリヒ・エンゲルス、ピエル・パオロ・パソリーニ、ピッリプ・ソレルス、ヘンリー・デイビッド・ソロー、アルクタメニツクラレタシマ、パク・ジョン：デ

詩は明らかにできない共同体を前提に書かれる

アンリ・ミショー、エルンスト・ヤンドル、フリーデリケ・マイレッカー、ホー・チ・ミン

詩は明らかにできない共同体を前提に書かれ、明らかにできない共同体によって消費される、この

ような秘密の流通構造の根本には明らかにできない魂の連帯が席を占めている

ヴィスワヴァ・シンボルスカ、アイチン、アレキサンドロー・ブロック、アンナ・アフマトヴァ、セルゲイ・エセーニン、ボリス・パステルナーク、エブゲニー・エプツシェンコー、アンドレイ・ヴォズネセンスキー、ジョセフ・ブロドゥスキー、シャルル・ピエール・ボードレール、パブロ・ネルーダ、エズラ・パウンド、トマス・スタンーズ・エリオット、ライナー・クンツェ、ビンセント・ミレー、シルヴィア・プラス、テッド・ヒューズ、エンツェンスベルガー、フランシス・ポンジュ、フランツ・カフカ、ロバート・ダントン、ジョン・ダン、ポール・エリュアール、フィリップ・ジャコッテ、ジュール・シュペルヴィエル、ジャク・プレヴェール、スーザン・ソンタグ、ヘルベルト・マルクーゼ、ヨハン・ホイジンガ、イブ・ボンヌホァ、ヨルダン・ヨッコフ、アルド・レオポルド、イサドラ・ダンカン、エドワード・ホッパー、イザベル・ミレー、マックス・ピカート、グレン・グールド、ヴァージニア・ウルフ、クリストフ・メッケル、デーヴィッド・ハーバート・ローレンス、ベルナール・オリヴェ、パスカル・メルシエ、シラノ・ド・ベルジュラック、マルキ・ド・サド、パトリック・ジュースキント、ボルフ・ボンドラチェック、アルト・パシリンナ、ジム・モリソン、ヴィーム・ベンダース、ウォン・カーウェイ、リー・ホァ、リ・サン、アンリ・ボスコ、チャールズ・ブコウスキー、イブラヒム・フェレ、フーゴ・バル、ジャニス・ジョプリン、ヴィクトール・ストイチタ、グエナエル・オーブリー、ロバート・エム・ピルシグ、ティム・バートン、オマール・カイヤム、ナタリー・サロート、リヴカ・ガルチェン、クリスティーナ・ペリ・ロッシ、ガルシア・ロルカ、テオドール・モノ、クリスティーン・オルバン、ロジェ・グルニエ、クリスティアン・バロッシュ、ブレーズ・サンドラール、ジャン・ジオノ、ロジェ・ニミエ、マルグリット・ユルスナール、パルカル・ジャルダン、バンサン・ドラクルワ、ウディ・アレン、デヴィッド・リンチ、ペドロ・アルモドバル、エマニュエル・レヴィナス、マリー・ダリユセック、ウィリアム・ブレイク、ベラ・タール

いわゆる不穏な詩は革命的なユーモアでできている

イザベラ・ウィペル、オギガミナオコ、チェ・ミンシック、フィリプ・ジャコメッティ、ジョン・リー・アンダーソン、コレエダヒロカズ、アジズ・ネシン、ジャン＝ミシェル・バスキア、キース・へリング、アントニ・ガウディ、パブロ・ネールダ、イ・テソック、レナード・コーヘン、マリク・ベンジェルール、シスト・ロドリゲス

そして革命的なユーモアでできた詩は革命詩解放区パミール番地*で日ごとにバンジージャンプを夢見る

例えば　ユウレイさん、ガッサン　クスリのイチ、コト　アマルフィ、サーチング　フォーシュガーレス　マン、ジンブ　ドウシ、ジョン・カツベク、パオロ・グロッソ、グロッソ・オノ、セザン・ポルトゥ、プロバンス・チェ、ラベンダー・バートン、チーム・グァンソック、イェミ・クストリチャ、ギ・コルドバ、クララ・マリ、ベンベンクラブ、ダイコンや　ジャガイモ　イチニチブン、ジョルジュ・ムサシノ、ゲンスブルーソン、ザウイ　シュコウ、コドク　マリ、ヴィクトール・チャラ、トリスタン・ハラ、モリエール・ド・アムール、ハプニング　マギー・チャン、アンヘル・キャバレー・ヴォルテール、ゲ・チェバラ

例えば　この人たちとは違うように生きることあるいはこの人たちと同じものを夢見ること、それが私にはどうやら詩人として生きるのを意味する

白いシャツを着る日には翼を羽ばたかせながら詩を書く

僕の詩は無限の空にある

事実僕は「僕はこれ以上何も言うべき言葉がない！」心の中でそのように繰り返し言っているようだった、彼は僕と一緒にすでに数杯目のコーヒーを飲んでいたが早く彼のアパートに帰りたがって

いるようだった、淋しいアパートのソファーに埋もれて彼が好きなビールを飲みたがっているようだった、そしてどうやら「天使」に会う時間が近づいていたからだったろう、彼の心は彼のアパートに走って行きたくて馬の蹄の音を出していた

——最後にこのインタビューを読んでいるはずの読者たちに話したい言葉は何か?

パルドン　ホー・チ・ミン、パルドン、パルドン　パク・ジョンデ（朴正大）

インタビューを終えて立ち上がろうとしたらふと彼の顔にすまなそうな表情がよぎるのが見えて、それでからか彼は僕の名前を聞き、自分が最近した仕事だと言いながら「だから雪よ、今この街に着く冷たくも熱い不滅の半跏思惟よ、きみたちは是非美しい時に生きるように」という長いタイトルのついたポスターにサインをして僕に渡した。そして僕にビールでも一杯飲むかと訊ねてきた、腹の中ではあいかわらず馬のいななく声と小川の流れる音が聞こえてきたが僕はいいよと答えた、カフェを出て彼は僕を連れてサン・ジェルマン・デ・プレの街へと出向いた、カフェ・デ・フロールとカフェ・レ・ドゥ・マゴを通り過ぎて彼が僕を連れていった所はコケインという所だった、コケインではトーム・ウェイツの歌が流れ出ていた、窓辺には髭のぼうぼうに伸びたエミール・クストリッツァがひとりで座って酒を飲んでいて、ティム・バートンはバーの前のテーブルに座って彼

のガール・フレンドと戯れながら騒いでいた、僕たちが席を取って座った時彼が僕に聞いた

——何を飲みますか？

僕は彼を見上げながら答えた

——朴正大詩人、あなたと同じもの！

事実僕は「綿畑の孤独の中で」を飲みたかった、しかし言わなかった、トーム・ウェイツが太い低音で歌っていた、夜だった

★ この詩にたくさん出て来るカタカナの表記は、ほとんどが著名詩人や小説家、映画監督、俳優、歌手、演奏者などの芸術家、哲学者等々の名前であるが、詩人は自由な言葉遊びを意図し、多元的な言語観によって創造した架空人物や造語も混じっている。詩の中での言葉そのものの流れや響きなどを味わっていただく意味から、注釈をつけないことにした。これら多くの人名が登場する意味については、詩集の後に載っている、姜正の「跋文」を参考にしていただきたい。（訳注）

＊ 後に続くバンジーとの語呂合わせ。韓国語では「番地」と「バンジー」が同じく「バンジ」と読まれる。（訳注）

野蛮人の方言

ここに古びたテープ・レコーダーがある
雨の降る港で古びたテープ・レコーダーは風の歌を歌う
古びたテープを回せば波の音が聞こえるようにキーキー、モジュレーションのノイズが聞こえる
音楽を散歩しながら出会う天使たちの溜息の音、散歩道で見つけた石ころを動かせばなぜ音楽が始まるのか
風が吹く、アイルランドへ行こう
日は暮れて雨風が押し寄せてくるのに街の並木たちは葉っぱをみな取り出して必死に生を揺さぶる
マグネチック・テープから聴く一季節

台風の通り過ぎる夜、並木たちは風によろめきながら獣のように吠えたてる、この世界の夜に植えられた一株の庭園が出す音を二階の窓辺に座って聞いている

雨の降る港にはブルーベリーが育ち

綿畑の孤独をまとって街をさまよう一人の男がいて

雨が降り風が吹いて、熱く熱く雪の降るアフリカがある

古びた夜は空を過ぎて鋭敏な星たちに届き、古びたテープ・レコーダーは象のように寂しく鳴く

人間嫌悪という名の星、それで星たちは今日も遥か遠い所できらめき

ここは今なお野蛮人の方言

雨の降る港の詩

夜に裸になって綿畑の孤独の中で散歩しながら話すようにそのように
言うだろうよ

一人の人間の衣はどうやら彼が持っているものの中でもっとも聖なるもの

僕は僕にぴったり合うコートを捜して雨が降る港の夜の街をさまようよ
コルテスの言葉は別にゴシック体に刻みながら夜に裸になって綿畑の孤独の中で散歩しながら話す
ようにそのように私は言うだろうが

僕の言語は砂漠の匂いを嗅いだアラブの馬のように猛烈に地平線に向かって走り出すだろうよ

野蛮人テレグラフ紙によると、夢は陳腐だよ、それで夢は恍惚だよ
パリ八区のモンソー公園近くに陳腐サロンがあるよ

それは旧態依然だよ、 僕は陳腐サロンのその旧態依然さが気に入ってるよ

夕方には陳腐サロンに友だちが集まってくるよ、 みな急進野蛮人たちだよ

僕らは数日間酒を飲み、 同日同時に陳腐サロンのテーブルに頭を突っ込んで死ぬためにそこに寄り集まるよ

鳥たちがどこかに行って死ぬように急進野蛮人たちは陳腐サロンに来て死ぬよ

視線とはあちこちさまよっては席を取ったら自ら中立的で自由な所にいると信じるに決まっているよ

すべての夢の恍惚は現実の物理的法則を逸脱する地点から来るんだよ

その意味から夢は現代物理学といっしょに探求されるべき対象のはずだよ

夢の深い海底に潜水した潜水夫はもうそれ以上現実に帰ろうとはしないよ

中毒性の強い夢であるほどその夢の前で現実はもうそれ以上意味を持たなくなるからだよ

夢の強力な中毒性、僕はそんな夢を夢見たことがあるよ

僕がここにいるのは欲望の深淵をうずめて、欲望を目覚めさせ、そこに名前を付けて地上に導き出すためだよ、欲望に形と重さを与える時避けられずに与えられる残忍さを持ったまま、そこに形と重さを与えるために

写真の中の人物たちがわずかに動くよ

静止した写真の中の場面が動き始めながら夢は始まるよ

写真の中で動く人物たちは写真が撮られる当時の時間帯に住んでいるよ

だから写真に捕らえられた一つの風景と時間は物理的現実とは遊離したまま独立した一つのシーケ

ンスを保っているよ

目に見えるものたちが夢の中でも結局決定権を持っているだろうが、夢の内容と雰囲気を決定するのは人間自らの持ち分だよ

例えば、藤の木の下に横になって僕は夢を見るよ

この世の柱を左側に巻いて上る夢、藤の花のように明るく紫色で上映される夢

本当に惨たらしく残忍なのは人間や獣が他の人間や獣を未完成の状態にほったらかしておくことだよ

僕は音楽のように幾つかの渓谷を遡って行くよ

渓谷は深く鬱蒼とした森は僕の足元で涼しい空気を噴き上げているよ

遠くおぼろげに山の輪郭が現れるよ、僕はとても柔らかく自由に空を飛んでいるよ

山を過ぎたら一つの都市がだんだん僕に近寄ってくるよ

僕は今日この都市に無事に着くよ

この都市の街を歩きながら都市の肌を触るよ

天使と呼ばれるコート、コートを着た夜

天使の陰部はひとりで孤独に座って待ち、忘れながら、流れる時間に一つの所から他の所へゆっくりと移動するそうだよ

パリのカフェ・レ・ドゥ・マゴに心うつろに座っている夢を見るよ

薄暗くなっていく街を眺めては遅い夕にはホテル・ソリチュードに戻ってきて自分自らが夢見る夢

たまにはお尻が美しいパリジェンヌと跡形もなく、痕跡もなく消え去る夢を見るよ

疲れたならず者たちの世、ならず者たちに思い出は最後の慰めになるはずだよ、思い出とは人が裸にされた時さえも必ず持っている秘密兵器だからだよ

思い出の秘密兵器仲介商たちが夜になると眠りにつかず自分たちの夢を闇取引するその港の名は「トナカイの星」だよ

すべてが不可能なものの可能性

すべてが可能なものの不可能性が泡のように起こる所

国境を超越してきた国籍不明の思い出たちが古びた倉庫に積まれているよ

船はすでに港を発ったのだが夢は今なお港に停泊しているよ

風が吹くたびに波打ちながら互いにささやく満潮と干潮、星たちと僕は一緒に海辺の防波堤を歩くよ

海辺は海の録音室、防波堤は波のレコード

そこをぶらつきながらきみのために僕はたった一曲の音楽を作曲するよ

そうして思い出をすべて蕩尽した人のように僕が目をこすってこの世界の本質的風景を眺める時きみは僕にやって来るよ

秘密のコネクターのように、視線の炎の中へ

僕が友よ、火をちょっと、と言ったのはタバコを吸うためじゃないよ、それは、友よ、きみに話しかけたかったんだよ

長い間雨が降って炎が必要だったんだよ

湿っぽい夢の窓辺に横になっていたら、一日中雨粒たちの訪問とノックの音、一日中横になって雨音を聴きながら夢だけ見ていたよ

それほどてごわい世界にそれほど屈せずに組み入れられるのを拒否しながら、僕が夢見たのは何だったのだろう

席を振り払って立ち上がり何事もなかったように雨の降る街を歩いたよ

道を歩きながら友、火をちょっと、と言ったのはタバコを吸うためじゃない、それは友、きみに話しかけたかったんだよ

他人が声を掛ける言葉の体温を感じたかったんだよ

それほどてごわい沈黙を抜け出て話しかけたかったきみ、きみは我が生涯の唯一で聖なるコートだったよ

僕はこんな修羅場の中で草原のようなものを捜そうとしたよ

そう、しかしたとえこの世にもうそれ以上草原がないとしても僕は最後まで草原を捜して修羅場を

さまようよ

だからたとえ夢だとしても、柔らかく見つめる視線の中で互いを温かくコートのように一度つくろってみよう

人間の衣はどうやら彼が持っているものの中でもっとも聖なるもののはずだから

何も言わないで、動きもしないで、僕はきみを眺めよう、きみを愛する、友、僕はこの修羅場の中で天使のような誰かを捜してさまよったよ

そしてきみが今ここにいる、きみを愛する、そして残ったのはビール、ビール

僕はどのようにこの話をしてよいのかいまだに分からない、こんなでたらめ、こんなクズのような世界

友よ、そしていつも雨、雨、雨、雨

きみにもうこんなことを言おうとしたのではないけど、もうでもさよなら
野蛮人テレグラフ紙によると、フランス産ペリエ・ライム炭酸水は苦い
夜に裸になって綿畑の孤独の中で散歩しながら言うようにそのように
あいかわらず呟くだろうけど、ここはあいかわらず野蛮人の方言
雨の降る港の詩
もうそれでもさよなら

カフェ・アバナ

カフェ・アバナに行ったら赤い幕が下ろされた舞台には六人の楽師たちがキサス、キサス、キサスを演奏し舞台の右側の壁にはチェ・ゲバラの肖像が掛けられているのさ、ナナカマドで作られたテーブルにはルーマがいて琵琶の木の椅子にはジャン・ドゥ・パが座っているのさ、ピアノの前のテーブルにはヨルが一人で座って舞台を眺めるのさ、老いた歌手は愛を歌うけれど僕らは言うのさ、愛のようなものはとうの昔に全部やっちゃったよ、たぶん、たぶん、たぶん、僕らはただ酒一杯を飲むためにカフェ・アバナに寄ったのさ、老いた歌手の後ろではグロッソとルイが踊るね、踊りながら言うね、歌のようなものはとうの昔に全部歌っちゃったよ、カフェ・アバナに行ったら舞台の左側の壁にはぼんやりしたガス灯が掛けられており野外テーブルには抗酒剤に酔ったシコクが座って呟くのさ、お酒のようなものはとうの昔に全部飲み干しちゃったよ、カフェ・アバナへ行ったらチェリーピンクマンボがあり主人のチョイはカウンターに座って時々まどろむのさ、七番テーブルに座ったオクは一杯のお酒を飲みながら言うのさ、今日は我が人生最高の日まどろむには人生があまりにも短すぎる眠りみたいなものは千年前にすでに全部眠っちゃったよ、カフェ・アバナは霊魂の同志たちが集まる所、たぶん僕らは酒一杯を飲むためにそこに立ち寄ったが、そこには人生の友だちがみな集まっていたのさ、舞台の上の老いた歌手はあいかわらず愛を歌うけど僕らは言うのさ、愛のようなものはとうの昔に全部やっちゃったよ。

サンタクララ

小さな驢馬に乗った老人はどこへ行くのかという質問に
キューバへ行くと言う
そしてシガー[*1]の店に入っていく

なぜチェ・ゲバラが好きなのかという質問に
若い人力車を引く人はみんなのためになる
革命だと答える

みんなのためになる革命!

「歩いて世界の中へ[*2]　キューバ篇」だ
タイトルは魅惑の疾走だ

僕は違うタイトルを考えてみる

「歩いて革命の中へ　孤独篇」だ
サンタクララ、チェ・ゲバラが埋められている所
歩いて僕はここまで
みんなのためになる革命にまで来た

＊1　葉巻煙草。
＊2　プロデューサーがカメラマンと一緒に世界のいろいろな所を歩きながら紹介する韓国のテレビ番組。（訳注）

労働節散歩

労働してみた人だけが分かるよ、なぜ労働節には切実に休みたいのかが！
労働節にも休まない職場に一日休暇を取り自分だけの散歩をする
メーデーの花たちが派手に咲き出した梨花女子大学[*1]の裏門の方を歩く
正門の方が女の美しい股のようならば裏門の方は女の美しいお尻のようだ
暖かい日差しを受けて歩くなら、半日くらい続けて留まってしきりにその風景を視線で撫でたくなる
淡水エビの料理が煮え立つ田舎のぬれ縁じゃなくてもいい
銀色の鱗を光らせながら流れていく河東平沙里[*2]の白い砂原の波じゃなくてもいい

心はすでに春色だ
春色の水色が波打つ水色[*3]へでも行こうか
モレネ[*4]に行っていっぱい芽ぐんだ糸柳でも見て来ようか
ひらひら立ち籠める空色の陽炎に乗って京都の金閣寺でも行って来ようか
京都に行って循環バスに置き忘れた紙コップでも探して来ようか
銀閣寺付近の町の路地裏で出会った自転車に乗っていたその少女にでもまた会って来ようか
少女はすでに美しい娘になっているだろう
その少女にまた出会って京都駅の裏側のラーメン屋で一晩中杯を傾けるのなら、世の人々は僕の後頭部に向けてどれだけたくさんの悪口を浴びせるだろう

悪口を言われる時に備えてポニーテールにでも束ねなくちゃ

ああ　今日のような日にはどこまでも歩きたいな

あっけなく失踪したいな

水色から京都までどこまでも歩きながらふと悟る、僕は根っからの患者、根っからの労働者、根っからの夢想家

木の葉はそこら辺で鳥たちの声を出している

静かに燃え上がる木の葉のゆるやかな震えの中へ僕は歩く

孤独がそこにあったようだ、木の葉たち

夢のようにゆっくり燃え上がるあの澄んだ泉の鐘の音

今日はその鐘の音までだけ散歩することにする

＊1　韓国ソウルの女子大学名。
＊2　韓国慶尚南道の地名。
＊3　韓国の地名。水の色を表す水色と地域名の水色は語呂合わせ。
＊4　韓国ソウルの地名。（以上、訳注）

武川*

そこは野蛮人の住む国
二つの月と千の星が上り
たった一つの心臓を持った風が吹く所

僕らは一つの太陽が沈む時まで酒を注ぎ
千の太陽が再び上る時まで酒を飲むよ

生は僕らの趣味
趣味が美しくなる時まで
僕らは杯に生を注ぐ
杯になみなみ満ちた生を飲む

愛は僕らの習慣

労働は僕らの愛
僕らは習慣のように愛し、愛だけを労働する
そこは霊魂の同志たちが集まる所

＊ 中国の地名で、内蒙古自治区呼和浩特にある県。（訳注）

南蛮

十二月の冷たい雨風が吹きつけ
僕はふと南蛮について考えるのだった
冷たい風が吹きつけて木の葉たちはばらばらに散らばろうとしたが
南海《ナメ》や統営《トンヨン》、康津《カンジン》や海南《ヘナム》*
僕はふと懐かしい南蛮を想うのだった
南方に何か懐かしいものたちを置いてきたのか
いくら考えても
暖かい日差しのひとかけら浮かび上がらないのだったが
ヤンプンの中で煮え返っていた雪のひとひらは
ある冬の夜
寂しく貧しい人の暖かい糧となったのか
僕はふと枯葉のように消え失せていった
かぼそい南蛮を考えるのだった
雪のひとひらひとひらが白っぽく飛ばされ夜の灯に斜めにかすめる時

散らばっていくものたちの果てしない悲しみを思い
散らばってから再び集まるものたちの暖かい結びつきをしみじみと考えてから
僕はふと十二月の冷たい雨風が吹き付けて
それらが残した空に僕の視線を向けて
冬の雨が降る軒先で
ぼんやりとタバコでも吸いながら
僕の懐かしい南蛮をくり返し思うのだった

＊　韓国の地名。統営は慶尚南道、康津や海南は全羅南道の海に面している町である。（訳注）

土星の影響の下で

今日は一日中音楽を労働した

北関[*1]から統営までは歩いて一か月半、雨が降るたびに残された足跡は小さな淵になり、端は丘になって湿地に繋がれていた

鴨[*2]たちは五里[*2]の中で行き来し往十里[*3]は十里の中を行き来したが、秋が急に傾いていたので、僕は一日中僕の病を音楽した[*4]

夕方になったら腹が空いた心に蕎麦をゆでて食べ、星たちの彼岸を眺めたりもしたが、閉じた窓を開ければ十里を往復した風と鴨たち、川の土手にぐっすり眠りについていた

おびただしい暗闇が消えてもまだ残っている夜が静かに押し寄せてきたとき、葦もクロウメモドキの歌もすべて忘れたまま僕はひっそり孤独と一緒に酒を酌み交わした

蕎麦作りの型のような円筒の端が風の勢いに回りながら美しい大蛇の歌を歌ってくれたが、川は一晩中泣き声を呑み込みながら北関を通って統営の沖に流れていった

土星の影響の下、今日は僕は一日中きみを労働した

＊1　朝鮮時代に鉄嶺以北の咸鏡南北道を指す旧名。
＊2　鴨と五里は語呂合わせ。韓国語では鴨も五里も同じく「オリ」と読まれる。
＊3　往十里はソウルの地名で、往復十里という意味。後についてくる十里との語呂合わせである。
＊4　「音楽した」は作者の造語で、演奏したとの意味に読める。韓国語の名詞に「する」という動詞を付けると、その名詞が動詞になること（例えば、勉強＋する＝勉強する）を利用した、新しい試み。（以上、訳注）

感情労働

今日は感情を労働した

一日中雨が降って家の外壁が濡れていくのに僕は腹の空いた獣のように家の内にうずくまって無限の風の動きをひっかき回しながら一握りの悲しみを労働した

世界の路地裏で偶然出会った象君は吸血鬼が追いかけてくるとにんにくを買いにいく途中で、霜が降る小川のそばで出会った憐れな蚊孃は砂漠化された皮膚の乾いた川に沿って遊牧民のようにさまよった

感情はそのつど雨水について海に流れていったが、心の湿地に再び一口の水を注ぎながら僕は新しく芽生える内面の地図と領土を長い間考えた

沈黙は象君が通り過ぎた足跡ごとに溜まっていた水溜り

孤独は蚊嬢が占領した所から膨れ上がっていた一点の領土
今日は窓を開けて一日中感情を労働した
落下する雨粒を視線の肩にコートのようにまとったまま一日中タバコの煙で幽霊をつくった*
僕がタバコを吸うたびタバコの煙の中の素粒子たちは遥か遠い恒星に着陸した宇宙船のように新しい感情の地図と領土を見せてくれた

* 「幽霊をつくった」は、原詩では「幽霊をした」。作者の造語。(訳注)

ここは古びて、ここは新しく、ここはもうそれ以上そこじゃない

ここは古びて、ここは新しく、ここはもうそれ以上そこじゃない

僕の存在、僕が息をする所、僕の息が空気の波動を起こしきみの胸の中へ染みこむ

夕方にはもっと光る猫たちの瞳と片目の月光、僕の心は長い間停電であって月光と猫の瞳に頼って文を書くここは古びた所、天幕のように古びて風にやたらにはためく所、ここの空気は今もなおきみの息遣いに似ている

古びたテーブルの上に数滴のアルコールをこぼしながらお酒を飲む夜、黒いアスファルトの上には一日中雨が降り、翼をつけた二つの電球、窓枠の脇に生えた二つの翼

木切れで作った想念、雨期の日々の中で燃え上がれない想念の湿り気

誰かが生の厨房でことんことんことんことんことんと生を料理する音

とても古びた夜は音楽に頼らず、とても古びた夜は怠けものでなく、とても古びた夜は孤独ではない、なぜならとても古びた夜は自分自らが音楽であり怠けものであり孤独だからだ

来ない誰かの消息を待つのは砂漠の地平線を眺めながら懐かしい一群の隊商を待つこと

そうするはずならむしろ黒い夜空にきらめく星の光のモールス符号を打電しながら暗転した砂丘の片隅で静かに老いていくのが賢いこと

ここに座っていたら黒いアスファルトの上に飛び上る天使を見ることができるかもしれない

テーブルのない人に詩がないのと同じで、霊魂のない人々には天使がいないから、僕は時々天使も詩も夢見ない

事物に結び付けられた孤独と孤独から派生する幻滅感に抵抗するために、僕は僕とかかわる事物たちを削除し、しきりに暗くなろうとする孤独の夜に一口の炎のような酒を飲む

霊魂の救いのようなものを夢見ないなら、ここでこのように古びて少しずつ消え去っていっても悪くはないだろう

きみの霊魂が、風が吹いてきた遠い所を夢見る時、僕はその遠い風の端でとても小さな未練であり夢さえも固い事物に還元させながら、幻滅も幻想もその何ものでもない正直な一つの事物として静かに残る

傾いた地球の午後、流れる雲たちの心

僕は事物たちの移動を静かに観察しながらそれらが静けさと平和の方へ自らそのように移っていくのを見る

詩の移動、風が吹き午後が揺れる時、僕は揺れるテーブルの上で危うくきみに手紙を書く

ここにこのように長い間座っていたら黒いアスファルトの上に飛び上るきみを見ることができるかもしれない

違う人生を生きたいね

レゲエ・ヘアを揺らしながらボールを蹴るね
たぶんそれがボブ・マーリーの人生の絶頂だっただろうね
ふと浮かび上がる顔があるね
その人と一緒に生涯を送ったら
僕の人生はどうだっただろう
たまにはそんな想像をするね
まだ僕が地球に住んでいるというのが不思議だね
僕が知っていた多くの人たちはすでに他の恒星に移住したね
それ以降は便りがないね
たまに一人で酒を飲む夜なら
ふいにふと恋しい人たちが浮かび上がるね
恋しいと言おうか
と言ったら恋しくなるそんな人たちのことだね
僕の音楽は泣くことから始まったと

ボブ・マーリーは言ったんでしょうか
僕の音楽はまだ始まってもいないのに
僕の泣くことはもう終わってしまったね、ユリアナ
アブテヴァのピアノ演奏を聴こうね
違う人生を生きたいね
ここではない他の恒星へ移住したいね
誰も知り合いのない見知らぬ所での人生
影が終わった所での新しい人生
レゲエ・ヘアを揺らしながらボールを蹴りたいね
スプリングで束ねられた黄色いざら紙のノートに詩を書きながら
移動テントで毎日毎日違う人生を生きたいね
風が吹く度に揺れ動きながら新しく始まる人生
風が吹かなくても相変わらずはためく
重力と無関係の人生
僕につきまとっていた影を
もう静かにここに置いて発とうね
僕の好きな

孤独の小石一つだけカバンに入れて
違う人生へ行こうね、そうだね
再び飛び上ることはできないだろうね
もう　それでも
さよなら

赤いセーターを着たギター

最初は何もなかった、たぶんなかったはずだ、無いのを前提にして星の光たちがのんびりと出始めたはずだ
星の光の間に時間の馬が通り過ぎながら足跡ができたはずだ、その足跡を我々は恒星と呼んだ
カラスたちが夜空で星の光をくわえて地上に飛んできた、僕らはそれを音楽と呼んだはずだ
きみが最初から音楽と呼ばれたのではなかった、きみは最初は光の一部分で音のない風景だったはずだ
音のない風景が影をなす世界で僕は長い間きみを夢見たはずだ、夢の中のきみが緑色の木の葉で芽生えたのは数百万年後のことだろう
時間が混ざったら一つの固い物体になる、きみは僕が夢見た夢たちが作り出した固い結晶体だった

時間が散らばったら空では鳥たちが飛び、鳥たちは霊魂のシミュラークルだった
霊魂はそのように複製されて永遠の空を飛ぶ、孤独で満たされた世界で僕の影を食べて育つ星の光たちよ

今日僕はきみを僕の音楽と呼ぶ

砂漠の長い丘を通り過ぎてきた僕は時間の砂場を通過しきみのオアシスに辿り着く
それがたとえ一つの巨大な幻想であっても、僕は夢に酔って生涯の砂漠を隊商のように横断するのだ

きみよ、赤いセーターを着たギターよ、我が孤独の音楽よ

ナジョン　ジャンヨル[*1]

ナジョンは錦の畑
日差しは壮烈[*2]
日差しのよい日にはナジョン　ジャンヨルにでも行かなくちゃ
そこに行って低い丘には桑の木を植え
険しい斜面には山ブドウでも育てよう
朝遅く目覚めば鳥の声に耳を澄ませ
ぬれ縁に腰を下ろしサンチュサム[*3]に味噌汁　遅い朝食を食べよう
草花の香りが濃く流れる前の川に
食後の後片付けをしたら午前がすべて過ぎ去るはずだ
遠い所への懐かしさのようなもの
心の中に長脳参[*4]のように埋めておき
そこで孤独でも壮烈に思い起こしてみたら
鳥たちは日差しをくわえて夕陽へ消え去っては
再び夕暮れごろ闇をくわえて白樺の山陰に染み入るだろう

ナジョンは錦の畑
孤独は壮烈
静かに風の吹く日にはナジョン　ジャンヨルへでも行かなくちゃ
そこに行けば青春が起こした薪火も少しずつ弱くなり
残雪の上には光る月光の夜が訪れてくるはず
火口に残っている赤い炭火で夜を明かせば
息を殺していた愛も静かに起き上がるだろう
時遅い愛の夜は紙で閉じた窓に映る花の影で咲き出すはず
心は山ブドウのように深まりつつあり
川は音楽の音を出しながら一晩中流れていくはず
かがやく孤独の敷居に月光があふれる夜には
人生は相変わらず寂しい一匹の獣のはずだから
夢見るように少しずつきみを愛さなくちゃ
ナジョンは錦の畑
きみは生の壮烈だから
僕がきみを明るく夢見る生の昼と夜には
驢馬に乗ってとぼとぼ

錦の畑のジャンヨルへでも行かなくちゃ

＊1　ナジョン（羅田）、ジャンヨル（長悦）は韓国江原道の地名。
＊2　地名の「ジャンヨル」との語呂合わせ。以下に出る「壮烈」も同じである。韓国語では「壮烈」も「ジャンヨル」と読める。
＊3　レタスにご飯やおかず等を包んで食べる食べ方。
＊4　人参の種を山に蒔いて野生で育てた人参。最初から山で育ったいわゆる山参よりは薬効が落ちるが一般の人参よりは効果が高いと言われる。（以上、訳注）

詩

すべては実体がない
愛する時だけ実体が芽生える種族がある、彼らのささやく言語は詩に近い

*

今日は数枚の木の葉が黄色く彩られている、あれが急進野蛮人たちだ
今日は落下する数枚の木の葉を踏みながら一羽の鳥が空を横切っている、あれが野蛮人のただひとつの霊魂だ

＊

詩、黒いセーターを着た鳥

ただ愛する者だけが生き残る

遠くトナカイの群れが通り過ぎる夜だ

トナカイは少しずつ移動する人類のもっとも古い詩、今もなお進行中のとても長い詩

緑色の星の下でトナカイは音楽を聴く、彼はトナカイのための音楽を作曲する、しかしひとまずこんなふうに言わなければ、ありがとう朴正大

僕が彼に出会ったのはある冬の日だった、僕は彼にたった一つの質問だけをした、彼の話をそのまま質問として変えたものだった

——ただ愛する者だけが生き残るのだときみは言った、その言葉の意味はなに？

次に続く内容は〈野蛮人テレグラフ紙、声の結晶〉に載った彼の答えだ、僕は静かに彼の音楽を聴く

ただ愛する者だけが生き残る

言葉そのままの意味だ、対象と時間性の問題を離れて万一霊魂が存在するならばその「万一」を可能にするのが愛だ

僕は愛をよく知らない、元・天使だった僕が人間になろうとした唯一の理由は愛のためだった、しかし僕は今なお愛がよく分からない、人類のばかげた貪欲が僕が人間になろうとした理由をだめにした

しかし僕はいまだに愛についての探求を止めなかった、いやこの話はまちがったものだ、厳密に言ったら愛についての探求ではなく　全体と無限を超える唯一無二の一個体に対する探査だ

僕の夢見る愛のために僕はこの世界を積極的に良くしたい、この世界を愛に最適化された空間に変えたい、しかし僕の夢は遠くその可能性は非常に希薄に見える

僕は人間になるために愛を試みたが、いやこの話もまたまちがっている、僕は愛するために人間に

なろうとしたがその試みはいつも失敗だった

僕はいまだに地上に足を踏めず空をさまよう存在だ、しかし今なお僕が人間になりたい日は天使の
コートを借りて着て詩を書く

僕はただ詩から人類の希望と未来を見る

僕は詩を語ろうとする

一匹の赤い詩が一晩中、心の中の十二の季節を通って黒い森へ静かに歩いている

僕は詩を語ろうとする

詩は夜中に降った雪、誰も歩いて行かなかった雪原を歩いていく足跡、世をあざける風、朝の窓、
世に向かって初めて噴き上げるタバコの煙の旗

僕は詩を語ろうとする

真昼から夜まで僕はシャーロック・ホームズの居酒屋で酒を飲んでいた

白色矮星、アムステルダムの白夜を記憶する、乗換の空港での短い喫煙時間、空港のガラス窓の外に流れていた内陸の白夜を記憶する

ゴビ砂漠を通ってきた太陽の熱烈な歓声、太陽の沈まなかった不思議な夜の風景を記憶する

どんな所でも居酒屋を捜して行きたかった、そんな夕べの感情を記憶する、アムステルダムの明るい夜十時を記憶する

僕は詩を語ろうとする

僕はなぜ彼らの人生を再びのぞき見るのか

あらゆる行為には確かにわけがあるはずなので人間の利己的な貪欲が造ったひどく動揺している都市の深部で僕はフロック・コートを着た共産主義者を回想し、トリーアの居酒屋を転々としながら、

自分の怒りを一つのはっきりした堅固な理論として完成していった髭の賢者を想うのだ
苦痛があって多くの苦痛が内部ではない外部から来たのを彼らはその誰よりもすばやく察知したのだった

自分を囲んだこの世界が変わらなければ劣った個人にできることは何だろうか
世界を良くしようとする、革命しようとする最も難しい死闘であるか、自分の没落を具体的に実現することのほかに個人にできることはないだろう

僕は詩を語ろうとする

タバコを作る労働者たちがタバコを勝手に吸うことのできない社会は正しくない、いやいいわるいではなく何かがまちがっているのだ

過ちの根本的な原因はとてもはっきりしていて、人々がどうして抵抗せず怒らないのか

僕は詩を語ろうとする

そんな状況でも抵抗もせず怒りもせずに感情表現を自制するならば彼はすでに本質的な人間性まで
失ったのだ

トリーアの居酒屋を転々としていたエンゲルスとマルクスの人生を読みながら僕自身を見る

未来という言葉の虚偽性、現在という言葉の不可解性、過去という言葉の語弊、すべての時間は流
れていくことも近寄ってくることもしないで混在しているだけだ

僕は混在した時間の一角で霊魂の同志たちを見る

彼らは僕の人生だ

僕は詩を語ろうとする

夜は美しい、夜のサッカーは悲しい、のたくる肉体たちの対話、肉体の楽譜のように広げられたサ

ッカーは悲しい
ロンドンのザルヴィスホテルの支配人のように悲しい、ロンドンでベンツのタクシーを運転していたドライバーのように悲しい
苦痛が持ちこたえるグラウンドの空虚、ボールをドリブルしながら進んでいく筋肉たちの虚無、しかし虚無に向かって疾走する人間たちは美しい
しかしまた霊魂の旗をなびかせながら今なお喘ぐ肉体は悲しい
サッカーは一冊の本、サッカーは世のあらゆる本、相対的で絶対的なサッカーの指針書はこの世にない
指針に従って動くならサッカーは今なお悲しいものだ
むしろさっぱりしているビールを飲みながらサッカーを見るのが美しい人生だろう

人生は虚無が生産する悲しいグラウンド、芝生は青くその青ささえも人工的なものだが、この世に
人工的でない愛がどこにあるのか
アーサー・コナン・ドイルは美しい推理小説を書いたが、その美しさを盗んで販売する資本主義の
空は今なお青い
書かれたすべての文字たちの心臓をかじって食べながら育つ資本主義の空の下で詩人はそのすべて
のものに抵抗しなければならない、そのうえ自分にまでも
そうしないなら心臓をすべてかじって食われた詩人はとうとう資本主義の空を幽霊のようにさまよ
っては自ら煙のように消え去るだろう
サンミゲルを飲めば僕はなぜかしきりにロンドンのウォーター・ベイが思い浮かびインド風の居酒
屋が思い出されるのか
零時を過ぎて賑わいながらも寂しかったロンドンのザルヴィスホテルのバーが思い出されるのだろ
うか

帰っていくことのできない時間は今なお循環し、そうして僕らは再びその時間に帰っていく必要がないのだ
すでに僕が切実に夢見るあそこへ時間は再び帰ってきているので、夜は美しく夜のサッカーは今なお悲しい

僕は詩を語ろうとする

美しさが完成する料理は何だろう、僕は僕だけの究極のレシピを考えてみる

僕は詩を語ろうとする

夜は猫のように目を光らせながら来た、僕は心臓の明かりを灯して猫を愛した
僕に外界の言葉をかけていた猫はなぜある日行方をくらましたのだろう

猫が愛であるならば夜は愛の現れだろう、僕は何の目的もなく未来もなくそのように黒い猫を愛した

僕は詩を語ろうとする

猫を共同で管理する区域がある、猫を嫌う人と好きな人の一種の共同管理区域のわけだ、猫が愛であるならば愛の共同区域というものもあるだろうか

人間はほんとうに知ることのできない複雑微妙な動物であるのはまちがいない、人間の共同区域も存在することができるだろうか、ほとんど不可能だという想い

猫の共同区域が愛の共同区域であるならば万一それがうまく維持されることができるならば複雑な人間にも多少の未来はあるだろう

僕は詩を語ろうとする

朝起き上がって草花に水を差し、手を洗いテーブルの前に座った

今日の音楽はベルベットのアンダーグラウンドのサンデーモーニングから始める

軽快なサウンドに乗せて聞こえてくる力をすべて抜いたようなルー・リードの声がよい、二番目の曲はタイトルが何だって？　よく思い出せない

単純なリズムに乗せた音たちは果たして僕をどこへ連れて行ってくれるだろう、どこまで連れて行ってくれるだろう、ボリュームを低くして窓の外を見る

季節は流れていくことも近寄ってくることもせず、ただその場所にそのまま止まっている

シガー6ミリが全部なくなってマルボロ・レッドを吸う、マルボロを吸ったら痰がもっと多くできる、それでもマルボロを吸いたい時がある、三番目の曲だ、やはりタイトルが思い出せない、ただ聴くことにする

歌のタイトルを必ず知らなければならないのか？　ある鳥たちは一日中鳴くことを通して生を表現する、鳴くことには確かに一つの生がある、その生は多分誰かの繊細な聴覚を通して受け入れられ

完成されるだろう
やがてヴィーナス・イン・ファースだ、状況によって違うように聴こえるこの歌が僕は好きだ、音楽のあいまに聞こえるインド楽器のようなもののキーキーする音もよい
この歌を聴いていたらおおよそ千年くらい眠りたくなる
いきなり生からすべてが抜け出ていってしまったように疲れが押し寄せたりもする
タバコでも一本吸いながらしばらく休もう
セブリーヌ、僕ももうちょっと休みたいよ
僕は詩を語ろうとする
盛んで激しかったサッカーのワン・シーズンが終わり休息に似た風が吹く

僕は盛んだったが苦悩せず、僕は激しかったが善意の心臓を持ち合わせていなかった

しかし反省はしたくない、人生はいつも盛んで激しく熱いもの、反省する人生はすでに人生から外れている

すべてのものが終わった後に来る苦痛を伴ったけだるい夢想に浸る

ある瞬間夢想も終わり僕は静かに眠りにつくだろう、冷たい心臓の季節の中に薄い掛け布団を掛けてもうそれ以上夢想も夢もないまま眠りにつくだろう

僕は詩を語ろうとする

朝起き上がってコーヒーを飲みながらサッカーの中継を見る、タバコを吸う、サッカーは一曲の荘厳なミサ曲、タバコはのたくりながら燃え上がる一匹の革命

今僕が座っているここはどこなのか

世のすべての場所だ

タバコに火を付けてくわえ内面のもっとも深い所へ出勤する世のすべての朝だ

動かない場所の流動性を考える

事実場所はわずかに繊細に動いている、それは単純に心理的ヘッドバンギングの副産物ではない決定的な流動性をすべての場所は持ち合わせているのだ

これから僕が言おうとするタバコに関する話はどうやら動かないように見える場所の決定的な流動性に関するものだ

ケント・アイ・ブーストではハンガリー大平原を走っていた馬の蹄の音が出る、薄荷の香りだ

パーラメントはヒマラヤの登頂を終えてから吸わなければならない、その理由は吸って見れば分かる

孤独が繊細に押し寄せていった尾根に足跡は作曲された音楽のように残って風に小さな歌を聴かせてやる

どこからか薪ストーブの炎たちが暖かく燃え上っているだろう

こんな日にはマッチの火をつけて雨の降るサッカー競技を見なければならない

グラウンドにはまだ濡れないで走り回る炎たちがある、雨は引き続き降るだろう

チェは惜しみながら吸おう

一日に原稿用紙百枚、十日の間僕は原稿用紙千枚の短い本を書こうとする

タバコに関するとても短く美しい一冊の本、その本はどうやら僕の人生でもっとも美しい本になるだろう

僕は詩を語ろうとする

タバコに関する本は僕が書こう、きみは宣言しろ
「僕は自由の炎を願う、革命の本質はタバコ一本を自由に吸うためのもの、だからこの世界のタバコの倉庫を先に占拠しろ」
僕は詩について語ろうとするんじゃない
僕は詩を語ろうとする
九竜浦のグァメギ[*1]を食べる、牡蠣の煮詰めたものを食べる
窓の外にはとめどなく雪が降り、ここは急進的に満潮と干潮が交わる静かな野蛮人の海岸だ
雪の降る日の野蛮人たちの集まりだ
遠くから来た密使は一カートンのタバコを持ってきた、無数の炎の内面を大事にしまった秘密の命

令一カートン

雪がやんだ、雨が降る、雨がやんだ、海岸での競技は続く

僕は詩を語ろうとする

対談は一冊の新鮮な文学だ、僕は究極の対談文学を夢見る

正午の時間、僕はすでに眠い、一日に百枚の原稿が書けるか僕はそれが気になる、気になるので瞼をしばたきながら一度やってみるのだ

マヤ人の暦によったら人類の終末の年はすでに過ぎた、僕はただふつうにタバコを吸いながらそのような事実を記録するだけだ

マヤ人の暦によって滅びなくても人類はいつか滅びるそれが真実だ

僕は詩を語ろうとする

ほぼ十日の間たった一行の文も書かないでテレビで中継されるサッカー競技だけを見た
サッカーは確かに一曲の荘厳な音楽だ、人類はそれを知っているから偉大になれることもできるのだ

鮭たちも全身で生をドリブルする

真夜中のサッカー競技はとても魅力的だ、さらに真冬の夜中のサッカー競技は言うまでもない

しかしきみは言う、サッカーはサッカーでタバコはタバコだ

僕はなぜそうなのかよく分からない、よく分からないということが僕の本質の中の一つだ

詩が一つ思い出された、いや詩が思い出されたのじゃなく正確に言ったら詩的なある感情が内なる所から湧き上がってきた

僕は詩を語ろうとする

無人のりんご販売所は国道沿いにあった、一袋に三ドルするりんごを買って水の代わりにおいしく食べた、南半球の十一月は北半球の十一月より暖かい、南半球にクリスマスの季節が近づいてきているのにイルカたちは軽やかだ、オットセイの棲息地にはオットセイたちが生きていた、無人のりんご販売所は国道辺りにあった、僕はりんご一袋を買って道々食べた、心の深い所から謝罪[*2]の言語が湧き上がっていた、謝り[*2]たいのだが謝罪[*2]を受けるべき人々があまりにも遠くにいる、僕は南極大陸に近い所で無人のりんご販売所を通り過ぎてタスマニア島の果てに立っていた

僕は詩を語ろうとする

コーヒーを飲む、コーヒーは一匹の詩、タバコは数千匹の星、サッカーは数万枚の楽譜

地球の夜明けだ

フランクフルト空港に留まったことがある、僕はそこでタバコを吸った、ロンドンへ行く道だった

文ごとにタバコの話が出る、人々はなぜ文にそのようにタバコの話を書くのかと聞く
僕は何の答えもしない、ただタバコ一本を吸うだけだ

僕は詩を語ろうとする

タンゴ音楽を掛けておいてボリュームを減らしたサッカー競技の中継を見る、あらゆるものの場所を考えてみる夜明けだ

ピアソラの音楽は意外にサッカーとよく合う、意外ではない、とてもよく合う

一杯の水を飲んで二本のタバコを吸う

人間と交わって生きることのできるものらを考えてみる夜明けだ

誰かを愛しとても私的な美しい映画を作り、一緒にサッカー競技を見ながら心理的なひもじさ無しに生きたい日々だ

憐みとともに目覚めて人間を考える夜明けだ、孤独が熟したタバコの煙のように広がる夜明けだ
僕はボイジャー1号が帰ってくることを願わない、ボイジャー1号が僕らをより広げるように願う、虚しい希望が人類を駄目にした
僕はひとりぼっちだ、しかしひとりぼっちだと叫ばない　人間は誰でもひとりぼっちだ
ピアソラの音楽を聴きながらサッカー競技を見る夜明けはお互いにとても孤独[*3]だ、元々そんなものだ

僕は詩を語ろうとする
夜明けなら浮かび上がるある名前ある声の結晶
僕は詩を語ろうとする

黒雲の間にちらちらと青空が見え、僕はあいかわらずシャーロック・ホームズの居酒屋に座って真昼から酒を飲む

遊牧の一生涯、酒を飲まないならどうして耐えることができるだろう

昔の友だちとの連絡はとっくになくなった、僕は静かに流れる雲を友として昼酒を飲む

侵略されない心の草地がまだこれほど青くて馬たちはヒヒヒーン尻尾を振りながら鳴きだし、その青い鳴き声のそばで僕は酔っぱらっていく

愛よ僕を捜さないでくれ

僕はシャーロック・ホームズも捜せない、シャーロック・ホームズの居酒屋できみへの恋しさを盗品のように心臓に深く埋めておいたので、きみがうわさを頼りに捜した世のどんな風の便りをもってでも僕の痕跡を捜し出せないはず

愛よ二度と僕を捜さないでくれ

たっぷり酔ったいっときだけが青い馬の上で揺れながら過ぎる
僕は詩を語ろうとする
いや僕は詩を語ろうとするんじゃない
声の結晶、僕は詩を録音する

哀悼日記をつづっていく人類の最後の夜、僕は彼が残した声の結晶を集めてトナカイに聞かせてやる
純粋なものだけが録音される今はトナカイの夜、ただ愛する者だけが生き残る
だから再びこのように言うしかない　パルドン、パルドン　朴正大

オイク[*4]、ハイク、さよなら

＊1　韓国慶尚北道の九竜浦が有名産地の魚料理名。サンマやニシンを冷凍と解凍を繰り返しながら潮風に干して作る。
＊2　「謝罪」と「りんご」の語呂合わせ。韓国語で「謝罪」と「りんご」はともに「サグァ」と発音される。
＊3　「お互い（彼我ともに）とても」は「ピアソラ」との語呂合わせ。韓国語では両方が同じく発音される。
＊4　「オイク」は酷く痛いとき、驚いたとき、また力むときや恨めしいときなどに発する声。ううん、いたいっ、よいしょ、おう、ああ等。ここではついてくる「ハイク」との発音による語呂合わせ。（以上、訳注）

第三章　あれは無限の風

☆

エルネスト、我が友

耐えられない存在の寂しさが僕にこの詩を書かせる

朝なら霊魂を一杯のスプーンの水に溶かしてコーヒーを飲む、それはどうやら哀悼の方式、一日を
うまく始めようとする僕のきっぱりとした意識

地球の片隅の屋根裏部屋でタバコを吸ったら世界の季節と僕はさえぎられている

さえぎられた季節の裏側で窓を少し開けて僕は世界の天気を静かに読む

孤独の文章、そんなものがあるならば今ここへ来て書かれなければならない

僕は最初から完成された孤独、それで世界の心臓から流れ出てまた違う世界の心臓へ流れていきな

がら一通の沈黙の手紙をきみに書く

エルネスト、我が友

世界の何ともたやすく結社[*1]することのできない僕はそれで死ぬほど孤独だ
孤独がたいらにした道、孤独が広げた地平線を眺めながら僕は窓を開いて明日の風景を眺める
僕はあの遠い空から水平線までまっすぐ一直線に落ちてくる雨粒、僕は下降の天使
しかし今僕の詩は雲のズボンを着て空を漂う

エルネスト、きみは銃を手にしてこの世界の心臓部へまっすぐ進撃したが、僕はもうこれ以上手に取るものがない
今僕が手に取ることのできる唯一の武器は虚無、虚無を握りしめた固い孤独

僕は虚無を握りしめて一点の熱気になってただけしく世界の内面へ潜り込む

エルネスト、我が友

僕は朝ごとに革命の領土から来たタバコを吸う

僕が吹き出すタバコの煙がこの世界を揺さぶり眠っている霊魂を目覚めさせる旗だったらいいのに

貪欲な権力とそこに寄生する追従者たちの後頭部をぶん殴りながら今目の前に広げられた腐り切った資本主義の風景を無茶苦茶に揺さぶったらいいのに

追従者たちが仕組んだ法の中で毎日毎日呻き声さえも出せなくて死んでいく多くの人たち

彼らの気がせいせいするように溜息を吐きだせばいいのに

ここの人たちは自由を忘れてずいぶんたった

もっぱら生存の本能を生の唯一のしるべとしてからもずいぶんたった

僕は巨大な沈黙が水に溶けるコーヒーの粒のように溶けて苦々しい怒りに変るのを見る

彼らがいつかいっぺんに沸き上がりひっくり返しこの世界をすべてコーヒーの湯で染めるようになることが分かる

僕が朝ごとに吸うタバコの煙がいつか誰かの旗になってこの世界いっぱいになびくようになることが分かる

それで僕は今日も一人で空に向かって力強い虚無のふいごで風を送る

世界の孤独が虚無を助けて木の葉の広場に集結するだろう

エルネスト、我が友

今僕を導く唯一の司令官はコーヒーとタバコ、つまらないおしゃべりと冗談にもこの世界は司令官

の機嫌を伺う
コーヒーとタバコがあって朝ごとに僕は革命を夢見る
僕が人類のために詩を書く今は天使の時間
僕は今日もこの詩を書くために天使のコートを借りて着る
僕は自らコーヒーの木を育てタバコの畑を耕す
僕が飲むコーヒーと僕が吸うタバコはそこから来るものだ
それがまさに僕の革命だ
渇望がかもし出す無限の自由、自由が夢見る新世界は人間の利己心と対極にある
世界をさまようあらゆる浮浪者たち、地球の内面へ、帰還することのできない宇宙船たち、そして

人生をあきらめた人たち

彼らをかき集めるたった一つの力は巨大な善意の心臓から出る

とても繊細で力強い意志ののたくり、世界を良くしようとする意志ははためく一条の風の中にすでに存在する

ただその風の意思を読み取ること、読み取ろうとする心、それが今天使のコートを切実に必要とするだけだ

エルネスト、我が友

僕は一日にたった一食だけを食べる

それは糧がなくてではなく一日に一食だけ食べても人間は相変わらず夢を見ることができるからだ

友よ、誰かの言葉のように人間は夢の世界から下りてくる

しかし夢の世界から下りてきた人間はいまだにまた違う夢の世界に無事に到着することができなかった
それで僕は今きみの名前を借りてまた違う夢の世界を語ろうとする
人間が吐き出す言葉の監獄、人間の言語が内に持ったひどい監獄から一筋の息遣いを解放させよう
孤独の領土から始まる新世界は広大な自由の大地を夢見る
工場を夢見るようにしよう
市民たちの手に銃ではない夢を取らせてやろう
愛の感情がおさえきれない満潮になってこの地球を覆うようにしよう
エルネスト、我が友

地球の片隅の屋根裏部屋で僕はタバコを吸いながらきみが持っていた善意の心臓を広げようとする
工場へ、会社へ、学校へ、街へ出勤するそのすべての心臓たちに太陽と風を戻してやろう

自然の心臓を回復して彼らに新鮮な空気を提供しよう

秋になったら銀杏の木の葉たちも黄色く遠足に発ち、鳥たちは空の疲れた義務から解放され地上に降りてきて休息を取る

人間の三寸の舌が吐き出す悪意の言葉[*2]から逃れたたった一匹の生き生きしている馬を人類の大草原に放ってやろう

その言葉が最初の馬のように人間の大地を走るようにしよう

雨の降る日には渇いた木々のように雨に濡れ、雪の降る日には降りしきる雪と握手しながら遠くから来た雪の便りを聴こう

エルネスト、我が友

今日はかたい靴を脱いでスニーカーに履き替える
僕を新世界へ導く一枚の秘密地図のように朝の望みは無限に向かって広がっている
並木は笑いながら季節の中へどんどん歩いて入っていく
最初からこれが人間の大地だった
最後までもこれが人間の大地として残らなければならない
もう孤独は世界と協力し沈黙はそのすべてのものを助ける
僕は体を動かして人類の内面に音楽を聴かせてやる

天使のコートを着て詩を書きながらのたくる人類の肉体に息を吹き込む
エルネスト、我が友
僕らがいっしょに夢見る夢、僕らがいっしょに分かち合う同志愛から新しい領土が芽生える
それが人類の本当の故郷だ
無限の風が吹く
無限の愛が僕を揺さぶっている

＊1　「結社」と後に続く「死ぬほど（決死）」との語呂合わせ。韓国語ではこの二語が同じ発音である。
＊2　「言葉」は後に続く「馬」との語呂合わせ。韓国語ではこの二語が同じ発音である。（以上、訳注）

旌善

ギー・ドゥボールはどこかに皿として生きており（そうだったらいいのに）
エミール・クストリッツァはザグレブとサラエボの間にいるね
ジム・ザームッシュは天気予報の向こう雪の降るコケインにあり
コケインは降り注がれる雪と空の間にある一点の島

ジャンゴ・ラインハルトは洗濯物の干しひもにかかっており
ニック・ケイヴはベルリンの洞窟にあるね
佳水里は雪の降る江原道の旌善にあり
旌善は太平洋と朝鮮半島の間にある世界の内面

佳水里の南方には彼女がいて
彼女の北方には僕がいるね

これは佳水里の北坣橋の欄干に腰かけて

霊魂の同志たちに送る孤独の実況公演
ここはラジオ・レベルデ　チェ・ゲバラ万歳

冬の北垈《ブッテ》[*1]

北垈、できるだけ違う世界を考える
北垈、窓を開けて雪の降る冬を眺めては不可能なものの可能性とあらゆる可能性の無限について考える
道の始まり、道はどこからか始まる、僕の靴が向かう所を道だと信じた時があった、しかし今は分かる、すべての道は広げた視線の自由から始まるということを
広げた視線が風景に届いたら風景は新しい恒星の地図を見せてくれた、新しい恒星の地図を綿密に観察するきみは内面にまたもう一つの霊魂の帝国を建設しているのだ
雪の降る北垈、愛を信じなかった過ぎ去った時間の中にも雪が降る
燃え上がる炎と離れて降ってくる雪の出会い、熱いものたちが抱擁する冷たい北半球の午後に可能

なものたちの無限の未来を考える

セーターを着た鳥たちが飛んでいく、今や冬なのだ

心臓のろうそくの火はまた一晩中燃え上がるだろう

繰り返し、繰り返される想念と想念、地球が消されるのは一本のろうそくの火が消されること、きみの心臓の上に人生を建設して炎のようにきらめく新しい恒星を迎えること

暖かいストーブの側で冬を過ごすというのは大部分の人たちが夢見るものだ、しかしストーブのない人たちが多い、そのうえ冬のない人たちはもっと多い

雪が降り風の吹く北垈、状況は破局的なのだが深刻ではないと資本主義の心臓はあいかわらずささやくがしばらく目を転じて窓の外を見たらすべてのものが深刻で状況は破局的だ

雪が降り風が吹き寒い北垈、しかし最後まで重要なのは心臓の炎から始まるということ

革命の火種は善意の心臓が耕しておいた竈から始まるのでパンと葡萄酒と自由を渇望する人民の心臓はいつもすべてのものの最初の発火点だったこと

夕べの雪が降る時にはマッチの火で孤独に点火し遠くにある星の光たちを眺める

寂しさを静かにかんで食べている時、誰か沈黙を破り寂しさの中へ入ってくる、しかしその誰かに分けてやる寂しさが僕にはない、決まった分の寂しさ、寂しさの決まった分

誰もせわをしてくれない言葉たちを書いて詩だと我を張る、僕の詩はそうなのだ

どこからか吹いてきて僕をかすめながら過ぎ去る風の音、それが僕の音楽だ

僕にせがむな、僕はきみに与えるものが何もない

再び試みろ、また失敗しろ、よりうまく失敗しろ

誰かがインターナショナル・ポエトリー急進野蛮人バンドをし、誰かは謝氏放蕩記[*2]バンドをする

金洙暎[*3]が生きていたら杏の種狂乱バンドを結成しただろう
しかし僕はこれから孤独とともにたった一つのとても長い内面を横断するだろう、あらゆる革命は自分だけのセーターを着ている

光が炎を燃やす

だから愛は自分だけの炎を燃え上がらせようとする闘争の一種だ

とても悲しい話だが、人間の尊厳性を対象にする革命の方式は相手が最小限の倫理を持っている時のみ成功することができる

音楽に染み込まない風景を今僕は眺めている、風景に染み込まない音楽を誰かが演奏している、世界は各自のスペクトラムの中だけで世界なのだ

みんなのためになる革命とは僕らが喜んで自らの異邦人になることだ

場所を決めて文を書く、そして音楽を取り入れる、そのように詩は完成される

詩人が何か偉いことをするようにおおげさに振る舞う必要はない、しかし詩人がやったことは詩人じゃない人が生涯にやったことより実際にもっと偉いことでもあり得る、詩人はその誰もできないことをする

雪が降り風が吹き窓ががたがたする北埅、セーターを着た善意の心臓が今この瞬間革命のテーゼを考えている

人間を抑圧するそのすべてのものに立ち向かって戦う準備をしながらきっぱりと一本のタバコに火をつけてくわえる

苦痛が生じる地点についての正確な判断とその苦痛を取りのぞこうとする人間の無意識的欲望に対する堂々たる支持として世界のすべてのタバコの煙はきっぱりとしている

光が炎を燃やす時また違う光は事物を造る

遠くから来た雪が古びたガラス窓を拭いている
北坣、両目をつむって秘かに美しい風景を眺めてみよう
光が事物を造る
降り注がれる雪のど真ん中を貫いて木は北坣の真ん中に黙々と立っている、木の胴体だけ見えるのみ枝たちと葉っぱたちは雪の外へ無限に伸びている
革命が生まれる新しい分割線、それは一つの象徴だ

＊1　韓国江原道の旌善にある村名。
＊2　「謝氏南征記」という朝鮮時代の小説のタイトルとの語呂合わせ。韓国語ではサシナムジョンギ（謝氏南征記）と、サシナンボンギ（謝氏放蕩記）と発音が似ている。
＊3　韓国の有名詩人（一九二一～一九六八）。（以上、訳注）

目つき

ある日は朝から厳かだ
鏡を通して進みながら幻覚を探そう
ひとまず始めろ、そして何が起こるのか一度見てみよう
絶対止まらない、一度やるだけの価値のあることは引き続き繰り返すだけの価値がある
生とは深刻に受け止めるにはあまりにも重要なものだ
つまらない詩を書いても、僕だけの方式でつまらなく書くということなのさ
雪の降る日には窓の外を眺めながらつづる詩は一隻の船、難破と失踪の遺伝子を載せている、音の
気象図に従って鋭敏な感覚の星たちが宇宙を航海する時　僕の孤独は星たちの音楽を演奏する、雪

の降る日には窓の外を眺めながら無限を横断する

詩は詩人にとって力の源泉でただひとつの同盟軍であり気ままな決定であっても詩人が下す決定の根拠になる地点だ

詩が自ら下す決定の根拠になる地点は酒、きみと一緒に飲む酒が詩のただひとつの同盟軍

きみの唇の中には瞳があるよ、きみとキスをするたびにその瞳が僕を見つめているよ

うーん、そうなんだ！

ある日は夕方まで厳かだ

そんな日、宵の星はきみがいつか生きなければならない違う生の目つきだ

跋文

あなたを捨てて泣きなさい、違う生に行きなさい

姜正《カンジョン》（詩人）

詩人はその存在だけでもすでに十分だ、
（中略）
詩人の名はみな違うし、すべての詩人の名はとどのつまり一つだ
（「パルドン、パルドン　パク・ジョンデ（朴正大）」部分）

朴正大は多分いつもよくそうするように、日没の景色がすばらしいソウルの西の方を歩いていた。二〇一三年五月以前のある日のことだろう。彼が弟分や妹分に当たる詩人たちの名前を呼んで、新しく見知らぬ夜を迎えた時は。

帰り道
野蛮人の家を数えてみたら
地上の星座のように散らばっている
「ジョンイ」の家に行こうか
「オギ」の家は遠く
「ジュンギュ」の家は川向こう、彼岸だ
（「ドニ・ラヴァンの散歩道」部分）

二〇一三年度最後の四半期に差しかかった現在、「ジョンイの家」はなくなり、「オギ」は結婚とともにさらに遠い所へ引っ越していき、「ジュンギュの家は川向こう、彼岸」から川のこちら側に移ってきた。それでも今なお「ジョンイの家」と「オギの家」と「ジュンギュの家」は、この世のどこかに存在するだろう。そこは、ある個人の実際の居所であると同時に、「星座のように散らばって」いる、そうして孤独をインスタント・ラーメンのように煮込んで食べた朴正大が、タバコの煙を旗のようになびかせて呼び出す、霊魂の移動建築物であるはずだから、まさにそこ、その誰も「ここがそこだ」と正

確に特定できない「木の柵のあの向こう」の「お手上げなくらい」の「夜空」（同じ引用の詩から）の下で僕はこの文を書く。寒くなり、狭い部屋のひとすみにほったらかされた古い家具は、夜明けの寄せ場に集まった貧しい男たちのように、元気のない顔色だ。それらと長い夜をいっしょに過ごさなければならない僕は、「巨大な孤独の波打つ悲しみに触れ」（「哀悼日記」）て、ものごとが通り過ぎた後のとるにたらない憐みを、空に飛ばしてやるために、窓をかすかに開けておいた状態。暗い木々の間を滑り落ちる風が冷たい。遠くに星が見える。何かを忘れるために、忘れたものの物理をたった一条の風の中に、唯一無二の形象で感じてはついに消すために、うっとうしくなった心情をタバコの煙で流し出す。「忘却のあらゆる形はそのように夜空に散らばって」（「緑色の環状線」）いく。

＊

朴正大の詩に関する、いや朴正大に関する文を僕は二、三回公にしたことがある。詩集の後ろに付いた恥ずかしく拙い文だった。すべて朴正大の切実な頼みによるものだった。最初は知合いになって日の浅い頃。彼は新しい詩集を準備中だった。彼は詩集のタイトルを『チェ・ゲバラ万歳』にしようとした。その話をしたら、人々は笑ったそうだ。それで彼も笑ったそうだ。結局そのタイトルは採用されず、『愛と熱病の化学的な根源』（プルマ出版社）という、別に笑わせないが、どこか石清水のように、笑いが宿るタイトルの詩集が刊行された。僕はその詩集の後に、彼の語法を「まねた」（僕には先天的にかわいそうな猿の弱々しい模倣本能がある）跋文とも解説とも言えない、突拍子もない文を載せたことがある。数年後彼は再び『チェ・ゲバラ万歳』というタイトルの詩集を準備した。しかし、その時にも失敗した。その代わり、彼はこんな文句を詩集に載せた。

詩集のタイトルをチェ・ゲバラ万歳にしようと言ったら、人々が笑った。それで僕も笑った。
（「いつも何かが残っている」部分。『生という職

業』、文学知性社、二〇一一）

このようないきさつを知っていた僕は、その詩集の後書に「にもかかわらず……チェ・ゲバラ万歳」という、やはり跋文とも解説とも言えない「駄文」(?)を書き添えた。最初の照れくささとは違って、うれしさの表れだったことが、違う点とも言えようか。とにかく、「チェ・ゲバラ万歳」というタイトルがなぜおかしいのか、今なお分からないぐあいで、彼と僕はしきりに会って酒を飲み、人々があまり笑わない「深遠な」ギャグを分かち合い、知天命を前にしても、健康管理には無知な互いの思慮分別のなさを、くすくす笑いながらけなした。そうしていたところに、彼が再び詩集のあとがきの文を頼んできた。何回もすぐ断った。書きたくないからではないと言いつくろったが、そうじゃなかったら、なぜいやなのかという問い詰めには、正確な答えがなかった。いわゆる文壇の慣行と関わった人たちの視線と陰口がいやだからという弁解は、僕自身もしたくなかった。両親に様子伺いの電話もあまりしないくせに、「文壇？　そんなものが何だってんだ？」というのは、彼と僕がいつも共感することだ。だから、どうしようもなかった。本の中でもっとも多く書かれているのが、「お手上げだみたいな」*とかの、言葉遊びが続いた。そう言いながら断り続けた。誰にとも分からない、よけいな失礼をしでかすような気分のせいだった。しかし、彼は屈しなかった。酒に酔ったら、ひさしの下に隠れた光のように、違う世界を願望でもするかのように、思慮深くなる彼の褐色の瞳をしばらく見入っては、暗い水中に浸るように受諾した。その時ふと浮かび上がった想いが、僕は「貧しいから」だった。不惑を越えても小銭と一晩寝る所のために、魂が乱れる僕を、大切にしてくれるのは、結局僕自身をはじめ、まわりで相変わらず僕を見守ってくれる、何人かの似た貧しい放浪者たちだけだから。そうして、貧しい者はまた他の貧しい者の善意と頼みを、あますことなく受け取る責務があるから。何かそう思いながら、わけの分からない僕の意地と妥協した。ある意味で、僕は僕でない他の詩人の魂を先に盗み見て、それを勝手に漏らす権利を、傲慢にも味わいたかったのかもしれない。これは恥ずかしい自慢なのか。そうだとしても、僕はその恥ずかしさを愛そう。「死は近くにあったが死と手を組まなかった」(「緑色の環状線」)一時を、このようにうめあわせてくれると、最後まで信じて疑わずに。とにかく今度はほんとうに詩集のタイトルが『チェ・ゲバラ万歳』だ。朴正大の挫けない粘り強さにも万歳。

＊

自分を三人称で指し呼ぶことができるようになった時、真の文学が可能となると言ったのは、たぶんカフカだった。僕が直接カフカを読んでメモしたのではなく、正確な引用でもないだろう。思いがけなく偶然拾い読みした文句に過ぎない。オンラインなのかオフラインなのか、アコースティックなのかエレクトリックなのかも確かではない。カフカを最後に読んでから二十年近くもなっているので、その間大脳をちらっと見て過ぎていった数多くの文章の中の一部なのかは、僕も自信を持って言えやしないのだ。とにかく、文学が僕を通して僕の外を語ったり、僕の外を通して僕を「彼」と指し呼ぶことであるのは、昔から共感していた所だ。単純な共感程度じゃなく、どうやら文学の宿命がそこにあるとも思う。懺悔と変身の欲求、絶えない(内にでも外にでも)旅への衝動と見慣れない冒険への渇望も、大きく見てそのような究極の人称転換へと、進んでいくに決まっている。僕が僕だということをあます所なく認めたり赦す時、果たして文学は必要だろうか。自身に対する幻滅や不満足を話すんじゃない。ここじゃないどこか、今の人生じゃない他の人生、はなはだしくは僕が生きてみなかった時の僕を現世で見出し、絶えず追っていく者の迷妄と情熱じゃなければ、文学はただ瞬間を免れたり慰められるための、言語的な欺瞞に過ぎないだろう。「他の私」、そして「私と呼ばれる彼」は、生の一次的な動機によって助長される虚像ではない。それらはまるで夕暮れ時の影とも同じで、現在の歩みがふと前ではなく後ろ、外ではなく内に巻き込まれてくる時、しきりに見出される現在のまた違う潜像たちだ。文学はその潜んでいる像を、言語を通して印画し出す霊魂の物理学とも同じだ。その潜像たちは一人の人間の現在を遡って、過去の人物、そして未来の現象たちを、現在のある縮図の中へ厚く塗り重ねて、世界の実際の密度をかき乱す。その中で僕は「彼」になり、実在していなかった「彼」の魂が、僕の口を借りて、世界の隠された言葉たちを、吐き出すようにすること。そのことは、虚妄ではあるが反復的であり、恍惚であるが点滅するという点で、セックスとも同じだ。また、生の現世的な法律と制度を、知らず知らずの間に忘却するようにし、死者の名前をしきりに重ねて言うようにするという点で、巫女の持病とも似ている。巫女のセックスとは、結局鬼神を呼び出して生きている人を慰め、生きている人をしきりにつついて、鬼神の出没を駆り立てることではないか。それは結局、僕の仮の死を通して、一つの世界の死を追体験することと同じだ。朴正大が初志一貫して歌い続ける「革命」と「孤独」、そしてそれらの因子として、つじつまが合わないように羅列される、その数多くの固有名詞たちは、現世にも永遠に死なない謀反の共謀者たちとして、この世界に口を出し、口論をふっかけ、不安にする。「野蛮人」たちは、そのように押し寄せては、無限の点線で散らばって消える。タバコ一本をくわえて、まるで存在自体が一筋の煙でもあるように、たくみではないが、現れ出る瞬間、全存在をひっくり返して他のものになる、不死の演技のように。ふうっと。苦い。それでも引き続き口にくわえるようになる。この汚染された息遣いは、しかしたまにどれだけ質朴に、その時の苦痛と苦々しさを中和させて、遠い空へ飛ばしてやっていたのか。だからもう一本。ふうっと。生が、死が、一呼吸の中で暗く広がる。そのように書かれたのでなければ、ずたずたになった綴りで内出血した心臓に、軟膏でも塗ろうとする、その数多くの美文ときれいなお話たちを、果たして詩と言えるだろうか。

僕はなぜ彼らの人生を再びのぞき見るのか
（中略）
自分を囲んだこの世界が変わらなければ劣った個人にできることは何だろうか

世界を良くしようとする、革命しようとする最も難しい死闘であるか、自分の没落を具体的に実現することのほかに個人にできることはないだろう

（中略）

未来という言葉の虚偽性、現在という言葉の不可解性、過去という言葉の語弊、すべての時間は流れていくことも近寄ってくることもしないで混在しているだけだ

僕は混在した時間の一角で霊魂の同志たちを見る

（「ただ愛する者だけが生き残る」部分）

フランスの映画監督のレオ・カラックスが、久しぶりに作った映画「ホーリ・モータス」を、一人で片隅の奥まった部屋で見た。レオ・カラックスのペルソナと呼ばれる俳優の、ドニ・ラバンの老いた姿を見ることができた。二十代の時、僕はその俳優が好きだった。僕以外にも多くの人たちが、彼が好きだったはずだ。二十世紀末、彼は百年の時間を跳び越えて、映像で再創造された、ランボーとボードレールの詩句のような場面を演技していた。きれいでもあり醜くもあり、悪魔のようでもあり天使のようであったりもした。子供の表情で老人の言葉をしゃべったり、男の無分別の血気で女の悲しみを誇張したりした。愛と裏切り、孤独と幻滅、殺人と救い等のテーマを、その単語自体とは無関係な感じで、気乗りしないように繰り広げて見せる、彼の演技を見ながら、詩を書くことの虚妄さと、詩を生の本質的な技術として様式化しようとする者たちの、難しさの極みにある歓喜と苦痛をのぞき見たのだった。そして、彼らを無知蒙昧にも真似しようとする、満二十歳の病にかかった猫のような僕の顔を、そこに重ねてみようと苦労した。舞台裏の必死になっているものの支離滅裂を、すべてのぞき見たにも拘わらず、舞台を離れられない、生まれつきの俳優の孤独のようなものを、その時感じたようだった。それがなぜそれほど魅惑的で悲しくおぼろげに懐かしかったのだろう。それで美しかったのだろうか。「自分の没落を具体的に実現」しようとする者の狂気と孤独を、身につけようといらだっていたその時が、未だに鮮やか

だ。鮮やかであるだけでなく、もっとはっきり触れられ、もっと痺れるほど生の地盤を揺さぶりながら、この生が、この生の中で他の生の影になるだろうと、はっきりと信じるようになる。ふと、演技とは自分に対する嫌悪と愛憎と魅惑のトンネル深くに入って、自ら光を放つことだとかの断想を、さほど整っていない言葉たちで、ある日のノートに、速記していた記憶が浮かび上がる。これは「ドニ・ラヴァンの散歩道」から始まる、朴正大の新しい詩集を読みながら、つい認めてしまう僕の現存だ。どうせ誰かの詩集というのは、それを読む者の背面の日記として、時間の境界の向こうに、濃く作用するに決まっているもの。「ホーリ・モータス」が、僕が二十代に見て感じ、四十を越えた今でも捨てられない世界の基礎モデルを、より円熟した視線で見せてくれた映画だったように、朴正大の詩集は、僕が長い間抱えていながらも、未だ言えなかったか、他の方式で言ったことを、彼の名前で口に出した、僕の影とも同然だ。「ホーリ・モータス」でドニ・ラヴァンが、健全な事業家の日常を捨てて、役者と乞食、狂人と暗殺者等、九つの人生を一日の間に経験するように、朴正大の詩集の中で、僕はこの生を絶え間なく変奏する他の誰かだ。僕は「彼」を暗殺するか、愛するか、呪う。これは文学が一人の個人に供することのできる最善の礼儀であり、「まだ地上に届かなかった息遣いの詩」を「哀悼」する、詩を通してしでかすことのできる、自分に対する最善の背理だ。詩はその自分の後ろ姿で世界を透き通らせること。本当に詩人をちゃんと見分けるためには、後ろ姿をよく調べなければならない。前の姿ははっきり見れば見るほどよく隠される、「彼」の仮面なのだから。「すべては実体がなく、「愛する時だけ実体が芽生える種族」が、「ささやく言語」が、他でもない「詩」(「詩」)なのだから。他の領土を侵犯した「野蛮人」たちが最初にすることが、見知らぬ地に自分の種を蒔くことであるように、そうして以前とは違う「種族」の地図が、現世の地図を変えるように、そのように仮面で固くなってしまった顔を、影で消してしまうこと。この広漠たる放蕩の歴史は、自らを一人で監禁してしまえばしまうほど、広くなる「孤独」の周波数から出発して、占領されるやいなや別の地になってしまう、初めての伐木地のように、「革命」の無垢な先端を目指す。詩と革命が完全にそれ自体の意味と生命力を、永遠に装着するためには、最後まで失敗しなければならない、宿命を肯定しなければならない。渇きと飢えと貪欲の「野蛮人」が、王座に座って肥満した下腹をずりあげること等、夢見ることさえしないようにしよう。「自分の没落を具体的に実現することのほかに詩人にできることは」（＊文字を添えたのは引用者の変容及び強調）、何もないから、だからもう一度反復。チェ・ゲバラ万歳。

僕の音楽は泣くことから始まったと
ボブ・マーリーは言ったんでしょうか
僕の音楽はまだ始まってもいないのに
僕の泣くことはもう終わってしまったね、ユリアナ
アブテヴァのピアノ演奏を聴こうね
違う人生を生きたいね
ここではない他の恒星へ移住したいね
誰も知り合いのない見知らぬ所での人生
影が終わった所での新しい人生
レゲエ・ヘアを揺らしながらボールを蹴りたいね
スプリングで束ねられた黄色いざら紙のノートに
　詩を書きながら
移動テントで毎日毎日違う人生を生きたいね
風が吹く度に揺れ動きながら新しく始まる人生
風が吹かなくても相変わらずはためく
重力と無関係の人生
僕につきまとっていた影を
もう静かにここに置いて発とうね
僕の好きな
孤独の小石一つだけカバンに入れて
違う人生へ行こうね、そうだね

（「違う人生を生きたいね」部分）

朴正大の詩集は、いつもそうだったように、ある一方の独自の響きで、個別性が強まるわけではない。彼の詩集は「全体」で響く。それはまるで穴は小さく暗いが、その中の空間は幽玄で広い、ある楽器の共鳴筒とも同じ

だ。一番後ろの一線に触れれば、かすめ過ぎて来た前の文がひゅーひゅー響く。中間のある行に触れれば、前後にそっと並んでいる文章が、電源に差し込まれたアンプのスピーカーのように、高圧力のデシベルでどんどどんと響く。このように一行一行が、それ自体として反復的でありながら、ひとまとまりが、それ自体として独自の音色とニュアンスで、緻密に繰り広げられる詩集は、全部読んでも読まなかったようであり、数行だけ目を通しても、全部を洞察したような気分に囚われるようになる。なので、このような詩集は、完全に読むことが不可能だ。繊細な読解や概念的な分析が役に立たない。どんな触覚や鋭敏な呼吸の中で、手でさがし目で掬い上げた文章の、一糸乱れない移動と粘り強い波動に没頭するだけでよいのだ。それでこのような詩集は、老いることも朽ちることも、忘れられたり有名になることもない。ただ、着実に自分の人生を生きていく、そうしながらその自分の生の力で静かに光を放つ、「すべてでありながら一つ」である、誰かの目つきを思い浮かべるようになる。朴正大はただ自分の呼吸で、他の名前を呼びながら、彼らが彼ら自身であると同時に、それを呼ぶ者の違う名前になるようにする。彼が自ら語る時さえ、彼は一人ではない。ひいては彼自身だけでもない。そして、それを読む僕もそうだ。この話を聞くあなたたちも、おそらくそうなのだろう。そうじゃないって? それならあなたは、強いて朴正大じゃなくても、あなたの人生の草を刈った空き地を占領して入ってくるはずの、別の「野蛮人」によって、そのうちその傲慢な純潔を失うだろう。気を付けろ。詩はその誰かの尖鋭的に守られた後ろ姿を、奪い取って攻めてくるはずの、この世でもっとも静かな脅迫でもあり得るのだから。あなたはどうやら「その遠い風の端でとても小さな未練であり夢さえも固い事物に還元させながら、幻滅も幻想もその何ものでもない正直な一つの事物として静かに残る」(「ここは古びて、ここは新しく、ここはもうそれ以上そこじゃない」)あなたの後ろ姿が、あなたが今まで生きてきた人生とは、まったく違う方向に、長い間一人で突っ走っていたという事実を、悟るようになるかも知れない。星が遠い。遠いのが当たり前。それはあなたがいつか生きなければならない、「違う人生」の目つきだから。「違う生に行こうね、そうしようね」。いや、行くたってどうするつもりなのか。あなたが歩いている瞬間ごとのその歩み、その天罰の動き自体が、すでにその瞬間からあなた自身を裏切っているのに。

＊　一種のおどけ。韓国語では「本」の発音が「チェク」で、「どうしようもない（なすすべのない）」に当たる韓国語も「ソクスムチェク」と言って、「チェク」で終わることから来る言葉遊び。（訳注）

推薦の言葉

リ・サン（詩人）

「エルネスト、我が友」僕らはとうとう
『チェ・ゲバラ万歳』という詩集を持つようになるのか。

ジル・ドゥルーズによると、文は言語を備えられない未来の民衆のために書かれるもの、創造するというのは、伝達じゃなく抵抗するということ。

超越的な仮想の世界に、必然的で不可避的に、朴正大の詩はある。彼は常識的なレアリスムをひねり解体して、自分が構築したヴェールを被せた幻想の中へ、私たちを導いて、いつの間にか迂回的な放浪の道に、立っているようにする。可能と不可能の境界をあざけりながら、現実から漏れ出た対象に代わって、自分が織った強力な詩語で、現実のわずかなすきまを埋める。そうして、私たちは、朴正大式のコギトによる「沸き上がる零時の革命」に向かい合いながら、呟くしかない。僕はこのすべてのものが、非実在的なことであるのを知っている。にもかかわらず、それがまるで実在的なものであるかのように、認めるしかない。私たちは、朴正大の詩が見せてくれる、扇動的で美しく、もの悲しく致命的な脱走船に、魅惑される。あなたは、そして僕は、「歩いてここまで、みんなのためになる革命まで、辿り着いた。」

チェ・ゲバラ万歳。

詩人の言葉

詩は革命だ。
同じく、革命はのたくる一匹の詩。
この詩集はインターナショナル・ポエトリー急進野蛮人バンドの実況公演だ。

革命的人間が
詩を書き公演をする。

朴正大

訳者後記
日本語訳朴正大詩集『チェ・ゲバラ万歳』

「詩」と「愛」で成し遂げる革命

権宅明

朴正大は韓国詩壇で広くその存在感と影響力が認められている中堅詩人であり、今度の翻訳詩集『チェ・ゲバラ万歳』は、韓国で権威を持つ文学賞の一つである「大山文学賞」（第二二回・詩部門）を受賞した。彼は既に二〇〇五年に、やはり韓国詩壇でその伝統と権威が認められている、「素月詩文学賞」（第一九回）も受賞している。

二〇〇五年の「素月詩文学賞」では、朴正大の「アムールの川辺で」等十四篇を選んでいるが、選考委員たちは次のように選考理由を挙げている。「朴正大詩人の受賞作品は、優れた詩的感受性と巧みな詩語の駆使、そして生に対する奥深い省察と、事物に対する幅広い視野が目立つ大変優秀な作品である。また、彼の詩の世界は、スケールが大きく線が太く、森羅万象を豊かに包み込みながらも、率直な霊魂の響きと感動を与えてくれるという点からも、高い評価を受けた。特に彼の詩は、精緻な微視的観察よりは、巨視的なゆったりした観照を見せながらも、緻密な構成と熾烈な苦悩によって成り立っている。」

一方、今度の翻訳詩集が受賞することになった、二〇一四年「大山文学賞」の受賞作の選考理由として、選考委員たちは次のように述べている。「心から迸る詩的伝言の爆発力で、作家特有のロマンチックな感性が、哀悼の感受性と結合する新しい場面を見せていて、最近の詩壇の機械的で難解な傾向に対する、意味のある反撃だという側面からも、高い評価を受けた。」

十年の歳月を隔てているが、両者から見た詩人・朴正大の特質は、相変わらず維持されているだけでなく、新しい地平に詩的領域が広がっていることが分かる。言い換えれば、「優れた詩的感受性と巧みな言語の駆使、そして生に対する奥深い省察と、事物に対する幅広い視野、スケールの大きい世界、線が太く、森羅万象を豊かに包み込みながらも、率直な霊魂の響きと感動の幅」はもちろん、「精緻な微視的観察よりは、巨視的なゆったりした観照を見せながらも、緻密な構成と熾烈な苦悩によって成り立っている」という、彼の詩的特質は、また今度の受賞詩集にもよく表れていることが分かる。

翻訳しながら感じた朴正大の詩に対する印象は、「まったく恐れることなく自由闊達で、言語の形式など現代詩に対する実験意識も強い一方、その根底には詩の根源とも言える、しっかりした抒情性を堅持している」ということであった。一時世界の若者たちを熱狂させた革命家チェ・ゲバラに万歳を叫びながらも、実は「血を流す革命」ではなく、「愛と詩で成し遂げる革命」を主唱する。詩人は「市民たちの手に銃ではない夢を取らせてやろう／愛の感情がおさえきれない満潮になってこの地球を覆うようにしよう／（中略）／工場へ、会社へ、学校へ、街へ出勤するすべての心臓たちに太陽と風を戻してやろう」（「☆」）と言う。

このような詩人の視角は「パルドン、パルドン　パク・ジョンデ（朴正大）」、「ただ愛する者だけが生き残る」等多くの作品にも表れている。彼の詩は資本（物神）主義と人間性喪失に代表される、現代文明に対する痛烈な批判であり、実存と虚構を行き来する夥しい人名と地名等の固有名詞を通して、無限の想像力を繰り広げながらも、全ての詩人の前の職業を天使であると言い（「パルドン、パルドン　パク・ジョンデ（朴正大）」、「詩を書くために天使のコートを借りて着る」（「☆」）と言うことで、詩に対する無限の愛情を表し、詩作それ自体が「みんなのためになる革命」（「サンタクララ」）であると、述べている。

今度の翻訳には思ったより長い時間がかかった。何よりも訳者の浅学菲才が原因ではあるが、多様な固有名詞と詩人の個性的な用語によって、数回にわたって作者と直接的な交信を通して、言語と措辞を確認する過程が必要だった。日・韓両国語は、他の外国語に比べて比較的類似している言語であるため、ややもすれば見逃しやすい落とし穴もあるが、できるだけ原詩の言語をそのまま使うことによって、なめらかに読まれることのみならず、作品全体を通じて表そうとしている、詩人の意図が伝えられるように気を配った。

あれこれ両国現代詩の翻訳に手を出して三十余年になるが、私の日本語翻訳はいまだに入門段階にあることを、毎回痛感する。この詩集が少しでも日本の詩人たちと読者たちに上手く伝わるとしたら、それはひたすら私の長い間の詩友であり、翻訳のパートナーである、日本の中堅詩人の佐川亜紀さんのご労苦のお陰である。今回は特に数回にわたって細密な監修で、訳者の足りない部分を補ってくださり、翻訳詩集の完成度を高めてくださった。限りない信頼と感謝のお礼を申し上げる所以である。

願わくはこの詩集が、日本の詩人たちと一般の読者たちに、隣国である韓国現代詩の一つの成果として共有され、読者から遊離したまま、閉塞感を感じていると言われる、日本の現代詩壇にも、新しい刺激となり、両国の現代詩の相互理解に役に立つことを、期待して止まない。

最後に、この詩集が企画され光を見ることができるようにしてくださった大山文化財団に、深く感謝の言葉をささげ、特に出版事情が厳しいと言われる詩集の出版を長年営み、日・韓現代詩の交流にも多大に貢献しつつ、今回もこの詩集の出版を喜んで引き受けてくださった、土曜美術社出版販売（株）の高木祐子社主に、心から感謝の言葉を申し上げたい。

監修者後書

チェ・ゲバラと詩に、今、万歳を叫ぶ

佐川亜紀

キューバとアメリカは、二〇一六年に国交回復し、八十八年ぶりにオバマ米国大統領が訪問したことは歴史的転機と言えるだろう。キューバ革命後、両国は断絶し、一九六二年には、あわや核戦争かと緊張した米ソ対立のキューバ危機が起ったが、ソ連崩壊後は経済的な苦境が続き、ついに国交回復に踏み切ったのだ。二〇一七年に米国では白人第一で排外主義を唱えるトランプ新大統領になり、外交関係は混沌としている。

チェ・ゲバラ（一九二八〜一九六七年）は、アルゼンチン生まれの医師だったが、一九五九年に親米従属のバティスタ政権をフィデル・カストロとともに指導して打倒しキューバ革命を成し遂げた革命家として有名だ。米国の目と鼻の先の小さな国キューバで二十五カ月に及ぶゲリラ戦を闘い抜き、勝利した偉業を若者たちや第三世界の人々が熱狂的に支持した。フィデル・カストロ政権は社会主義国家建設を推し進め、ゲバラは三十一歳の時一九五九年七月にキューバの通商使節団を率いて日本を訪れている。自動車工場や機械製作工場を見回った後、自ら希望して広島に出向き原爆資料館を見学し、「中国新聞」の記者に「なぜ日本人はアメリカに対して原爆投下の責任を問わないのか」と語ったそうだ。ゲバラは一九六五年に国際的な革命闘争に参加するためキューバを離れ、アフリカ、チェコスロバキア、ボリビアなどで活動し、ボリビアで逮捕され、銃殺によってまだ若い命を絶たれた。享年三十九だった。墓はキューバのサンタクララにある。葉巻タバコを愛好したことも知られている。

今日、チェ・ゲバラを讃えるのは韓国でも時代錯誤と捉えられるようだが、朴正大はあえて「万歳」を叫ぶ。青春の挫折の苦さと悲哀をかみしめながら、革命への永遠の憧憬と野生の噴出を追い求めるのだ。

朴正大も、現在は虚無と絶望が極まった時代だと認めている。文明と資本主義は行き詰まり末期症状を呈し、愛も歌も開発され尽し、コピーとリサイクルの時代になっている。「愛のようなものはとうの昔に全部やっちゃったよ」「歌のようなものはとうの昔に全部歌っちゃったよ」（「カフェ・アバナ」）。「エルネスト、きみは銃を手にしてこの世界の心臓部へまっすぐ進撃したが、僕はもうこれ以上手に取るものがない／／今僕が手に取ることのできる唯一の武器は虚無、虚無を握りしめた固い孤独」（「☆」）。虚無を握りしめた孤独しか現在の武器はないのかもしれない。軍事武器は経済によって操作され、世界の人々の心臓を蝕むだけだ。

　新自由主義が地球全部を覆い、すべて金銭に還元され、人をモノ扱いし、人間性を奪われ、超格差社会であえぐ中で、詩を語ることは最後に残された抵抗であり、憤怒であり、感情表現であると考える。「僕は詩を語ろうとする／／そんな状況でも抵抗もせず怒りもせずに感情表現を自制するならば彼はすでに本質的な人間性まで失ったのだ」（「ただ愛する者だけが生き残る」）。「貪欲な権力とそこに寄生する追従者たちの後頭部をぶん殴りながら今目の前に広げられた腐り切った資本主義の風景を無茶苦茶に揺さぶったらいいのに」（「☆」）。詩人は資本主義の風景を揺さぶることをあきらめてはいけないのだ。跋文の中で姜正が「貧しい者はまた他の貧しい者の善意と頼みを、あますことなく受け取る責務があるから」と語っているが、詩人にはこの世の貧しさを受け取る責務があるのだろう。

　詩人の前の職業は天使であり、「僕が人類のために詩を書く今は天使の時間」「市民たちの手に銃ではない夢を取らせてやろう」（「☆」）とするために夢を語る詩が必要なのだ。「革命的な人間が詩を書き公演をする」（「インターナショナル・ポエトリー急進野蛮人バンド」）。「詩を書くことは偉大な探検だ、詩人は純粋に個人的な理由のために、自分のための何かを見つけようと詩を書く」（「パルドン、パルドン　パク・ジョンデ（朴正大）」）。革命と詩が結びつくのは二十世紀までで、もはや時代遅れとも思われているが、ほんとうにそうなのか、と問いかける。「なぜチェ・ゲバラが好きなのかという質問に／若い人力車を引く人はみんなのためになる／革命だと答える」（「サンタクララ」)。「孤独」と「みんな」が並べられている所が朴正大の詩の特徴である。韓国でも都市化や非正規雇用の増加につれて人々はバラバラになり、かつての家族主義の濃い人間関係も薄れがちになった。だが、日本より労働運動や市民運動がずっと強力で、朴槿恵大統領の権力私物化への批判が沸騰し、二〇一六年十一月二十六日には百五十万人デモが起った。二〇一七年三月十日に韓国の憲法裁判所は朴槿恵大統領に対する弾劾審判の結果として罷免を決定した。父の朴正熙は金芝河の詩『五賊』などを発禁処分にし、逮捕し、死刑判決を出し、経済独裁を推し進めた大統領だった。詩人が独裁政権と闘い、民主政治を達成した歴史は人々の内に息づいている。「みんなのためになる革命とは僕らが喜んで自らの異邦人になることだ」(「冬の北斗」)。個人とみんなが交錯し、共存できるような夢の世界をかいまみせること、自分が自分であって異邦人となるような稀有の言葉を捜すことが切実に求められている。

本詩集が特異なのは、ゲバラの足跡やキューバ革命をたどる叙事詩ではなく、言語遊戯と虚構性と世界性に満ちたポストモダンの方法で書かれていることだ。そこにこそ、チェ・ゲバラに万歳を叫ぶ今日の二律背反、矛盾と葛藤が存在していよう。推薦文を書いたリ・サンが述べているように「可能と不可能の境界をあざけりながら、現実から漏れ出た対象に代わって、自分が織った強力な詩語で、現実のわずかなすきまを埋める」という試みは、悲惨な現実へのユーモアとペーソスに満ちた逆襲である。時間と空間を自在に行き来し、インタビューなど詩の形式を拡張し、映画やサッカーなども取り入れ、サブカルチャーもふんだんに流し込み、読者の固定観念を揺さぶる。新しい革命と詩への通路を思い描かせるのだ。

訳者の権宅明先生の優れて巧みな訳で、想像力の自由さや解放的な雰囲気がたいへんよく伝わる。架空人物まで入り込んだ非常にたくさんの固有名詞や造語を日本語に翻訳するご苦労には並々ならぬものがあったと思う。「多義的な効果を出すために作者が創作した意図的な造語もあることを考え、詩の中での言葉そのものの響きなどを味わう」(「ドニ・ラヴァンの散歩道」訳注)ように工夫された。奔放な言語遊戯による語呂合わせはおもしろいが音の訳では難しい面もあり、遊戯感覚を汲み取って頂きたい。

ソウル、パリ、オスロ、アラブ、中国など世界の至る所を駆け巡る詩が日本でも「万歳！」と叫ばれるように願っている。

朴正大（パク・ジョンデ）

一九六五年江原道の旌善で生まれた。高麗大学国文学科を卒業し、一九九〇年『文学思想』に「蠟燭の火の美学」他六篇でデビューした。詩集に、『短編たち』『我が青春の激烈比列島には未だに音楽のような雪が降るよ』『アムール・ギター』『愛と熱病の化学的な根源』『生という職業』『あらゆる可能性の街』を刊行した。金達鎮文学賞と素月詩文学賞、大山文学賞を受賞し、現在、無加糖タバコクラブの同人。インターナショナル・ポエトリー急進野蛮人バンドのメンバーとして活躍中である。

訳者　権宅明（クォン・テクミョン）

詩人、日・韓翻訳文学家。一九五〇年慶尚北道慶州市安康邑生まれ。一九七四年月刊詩誌『心象』新人賞でデビュー。詩集に、『チェロを聴きながら』『エルサレムの夕焼け』等五冊、韓・日、日・韓文学翻訳書に、『韓国現代詩三人集─具常・金南祚・金光林』（森田進監修・土曜美術社出版販売）、李御寧詩集『無神論者の祈り』（佐川亜紀共訳・花神社）、『朴利道詩集』（森田進監修・土曜美術社出版販売）、高炯烈詩集『ガラス体を貫通する』（佐川亜紀監修・コールサック社）、白石かずこ散文集『ロバにのり、杜甫の村へ行く』、本多寿詩集『ピエタ─Pieta』、清水茂詩集『砂の上の文字』等十二冊がある。韓国詩人協会事務局長と交流委員長を経て、現在、審議委員。

監修者　佐川亜紀（さがわ・あき）

詩人。一九五四年東京生まれ。詩集に『死者を再び孕む夢』（小熊秀雄賞、横浜詩人会賞）、『魂のダイバー』、『返信』（詩と創造賞）、『押し花』（日本詩人クラブ賞）。評論集『韓国現代詩小論集』。共編著『在日コリアン詩選集』（地球賞）、訳書に『金達鎮詩集』（韓成禮監修）。共訳『高銀詩選集』、『日韓環境詩選集』、『李御寧詩集』他。監修に『高炯烈詩集』他。『詩と思想』編集参与。日本現代詩人会元理事。日本現代詩歌文学館評議員。日本社会文学会評議員。二〇一四年に韓国・昌原ＫＣ国際詩文学賞受賞。韓国語詩集に『死者を再び孕む夢』（韓成禮訳・抒情詩学）がある。

本詩集は、韓国の大山文化財団の翻訳・出版支援を受けて
刊行しました。

新・世界現代詩文庫 15
朴正大《パクジョンデ》詩集

発行 二〇一七年五月三十日 初版

著者 朴正大
訳者 権宅明
監修者 佐川亜紀
装幀 長島弘幸
発行者 高木祐子
発行所 土曜美術社出版販売
〒162-0813 東京都新宿区東五軒町三—一〇
電話 〇三—五二二九—〇七三〇
FAX 〇三—五二二九—〇七三二
振替 〇〇一六〇—九—七五六九〇九
印刷・製本 モリモト印刷

ISBN978-4-8120-2369-3 C0198